ALEXANDER McCALL SMITH

Las lágrimas de la jirafa

punto de lectura

Alexander McCall Smith nació en Zimbabwe y estudió allí y en Escocia. Fue profesor en la Universidad de Edimburgo y en 2005 abandonó su carrera académica para dedicarse a escribir. Ha publicado más de sesenta libros, entre los que destaca la serie *La 1ª Agencia de Mujeres Detectives*, que obtuvo un éxito brutal entre crítica y público y que ha sido adaptada al cine por Anthony Minghella. Son también reseñables sus series de libros *44 Scotland Street* y *El club filosófico de los domingos*.

www.alexandermccallsmith.com

ALEXANDER McCALL SMITH

Las lágrimas de la jirafa

Traducción de Luis Murillo Fort

Título: Las lágrimas de la jirafa
Título original: *Tears of the Giraffe*
© 2000, Alexander McCall Smith
© De la traducción: Luis Murillo Fort
© Santillana Ediciones Generales, S.L.
© De esta edición: septiembre 2008, Punto de Lectura, S.L.
Torrelaguna, 60. 28043 Madrid (España) www.puntodelectura.com

ISBN: 978-84-663-2193-8
Depósito legal: B-32.721-2008
Impreso en España – Printed in Spain

Cubierta: Hannah Firmin

Impreso por Litografía Rosés, S.A.

Este libro es para
Richard Latcham

Capítulo 1

La casa del señor J.L.B. Matekoni

Al señor J.L.B. Matekoni, propietario de Speedy Motors en Tlokweng Road, le resultaba difícil creer que Mma Ramotswe, la célebre fundadora de la 1ª Agencia de Mujeres Detectives, hubiera accedido a casarse con él. Fue al segundo intento; la primera vez que se lo había pedido, y que le supuso echar mano de todo su valor, había recibido un no por respuesta; una negativa afable y apenada, pero negativa al fin. Después de aquello, había dado por hecho que Mma Ramotswe no volvería nunca a casarse; que su breve y catastrófico matrimonio con Note Mokoti, trompetista y aficionado al jazz, la había convencido de que el matrimonio no era más que una vía a la tristeza y el sufrimiento. Al fin y al cabo, ella era una persona mentalmente independiente, tenía un negocio propio y una confortable casa propia en Zebra Drive. ¿Por qué, se preguntaba él, iba una mujer así a liarse con nadie, si un hombre podía ser tan difícil de manejar una vez intercambiados los votos matrimoniales y él instalado en casa de ella? No, si estuviera en el lugar de Mma Ramotswe, posiblemente declinaría cualquier propuesta de matrimonio, aun viniendo de alguien tan sumamente razonable y respetable como él.

Pero luego, aquella tarde primordial, sentados en la galería de Mma Ramotswe después de que él hubiera pasado unas horas reparando la mini furgoneta blanca, ella había dicho sí. Y había dado esta respuesta de una manera tan sencilla, tan inequívocamente *buena*, que él se ratificó en su creencia de que Mma Ramotswe era una de las mejores damas de Botswana. Aquella noche, cuando regresó a su casa cercana al antiguo Club de las Fuerzas de Defensa, había reflexionado sobre la enormidad de su buena suerte. Hete aquí un hombre de cuarenta y tantos años, que hasta ahora no había sido capaz de encontrar una esposa adecuada, a punto de casarse con la mujer a quien admiraba por encima de cualquier otra. Era casi inconcebible tener tantísima suerte, y se preguntó si despertaría súbitamente de este delicioso sueño en el que parecía estar flotando.

Y, sin embargo, era real. A la mañana siguiente, cuando encendió la radio de su mesita de noche para oír la familiar sintonía de cencerros con que Radio Botswana prologaba su primer boletín de noticias, comprendió que lo de la víspera era un hecho y que, a menos que ella hubiera cambiado de parecer de la noche a la mañana, ahora estaban prometidos.

Miró su reloj. Eran las seis, y la primera luz del día iluminaba la copa de la acacia que había frente a la ventana de su habitación. Pronto habría olor a humo en el aire, ese buen humo de leña que despertaba el apetito, y empezaría a oír gente en los senderos que cruzaban la sabana cerca de su casa: gritos de niños camino del colegio; hombres soñolientos dirigiéndose al trabajo en la ciudad; mujeres llamándose en voz alta; África que despertaba y comenzaba un nuevo día. Lo normal era levantarse temprano, pero sería mejor esperar una hora o así antes de telefonear a Mma Ramotswe, eso le daría tiempo a prepararse tranquilamente su primera taza de té rooibos. Después de eso, él sabía que le gustaba sentarse fuera una media hora a observar los pájaros en su parcela de hierba: abubillas a franjas blancas y negras, picoteando insectos como si fueran juguetes de cuerda; las palomas con sus incesantes arrullos. Mma Ramotswe amaba los pájaros; si ella quería, él podía construirle un aviario. Criarían palomas, por ejemplo, o, como hacía alguna gente, algo de mayor tamaño, como buitres, aunque no estaba claro qué harían con unos buitres una vez criados. Comían serpientes, eso sí, algo a tener en cuenta, pero para ahuyentar a las serpientes era suficiente con un perro.

De niño, en Molepolole, el señor J.L.B. Matekoni había tenido un perro que acabó siendo toda una leyenda como cazador de serpientes. Era un animal flaco, pardo con un par de manchas blancas, y tenía el rabo roto. Lo había encontrado cerca del pueblo, abandonado y famélico, y se lo había llevado a vivir con él a casa de su abuela. La abuela no quería malgastar comida en un animal que no tuviese ninguna función clara, pero él había conseguido convencerla y el perro se quedó. En cuestión de semanas demostró lo que valía matando tres serpientes en el jardín y otra en el melonar de los vecinos. Sus hazañas corrieron de boca en boca, y a partir de entonces, cuando alguien tenía problemas con una serpiente, le pedía al señor J.L.B. Matekoni que llevara a su perro para que diera buena cuenta de ella.

Este perro era portentosamente veloz. Las serpientes, cuando lo veían venir, parecían presentir que estaban en peligro de muerte. Y el perro, con el pelo erizado y los ojos brillantes de excitación, se les acercaba con curiosos andares, como si se sostuviera sobre las puntas de sus pezuñas. Luego, cuando estaba a unos palmos de la presa, emitía un largo gruñido grave que la serpiente percibía como una vibración en el suelo. Confusa y asustada, la serpiente empezaba a apartarse, y era en ese instante cuando el perro se abalanzaba sobre ella y la mordía limpiamente detrás de la cabeza, partiéndole el pescuezo. Ahí terminaba la pelea.

El señor J.L.B. Matekoni sabía que esta clase de perros no llegaban nunca a viejos. Cumplidos los seis o siete años, sus reacciones empezaban a ser más lentas y la suerte se decantaba poco a poco del lado de la serpiente. El perro del señor J.L.B. Matekoni sucumbió finalmente a una cobra, muriendo a los pocos minutos de ser mordido. Ningún perro podía sustituirlo, pero ahora... Sí, ésta sería otra posibilidad: comprar un perro (y elegir el nombre entre los dos). Bueno, de hecho él propondría que fuese ella quien eligiera perro y nombre, pues tenía mucho interés en que Mma Ramotswe no pensara que él intentaba tomar todas las decisiones. Bien mirado, cuantas menos decisiones tuviera que tomar, mejor. Mma Ramotswe era una mujer muy competente y él tenía plena confianza en su capacidad para administrar su vida de pareja, siempre y cuando ella no intentara meterlo en sus asuntos detectivescos. No era eso lo que él tenía en mente. La detective era Mma Ramotswe; él era el mecánico. Y así debían quedar las cosas.

La telefoneó poco después de las siete. Mma Ramotswe parecía contenta de oírle y le preguntó si había dormido bien, como era de buena educación en idioma setswana.

—He dormido muy bien —dijo el señor J.L.B. Matekoni—. He soñado toda la noche con esa mujer inteligente y hermosa que ha accedido a casarse conmigo.

Hizo una pausa. Si ella iba a decirle que había cambiado de parecer, ningún momento mejor que éste para hacerlo.

Mma Ramotswe rió.

—Yo nunca me acuerdo de lo que sueño —dijo—. Pero si me acordara, seguro que recordaría haber soñado con ese mecánico de primera que pronto se convertirá en mi marido.

El señor J.L.B. Matekoni sonrió aliviado. Ella no se lo había pensado mejor; todavía estaban prometidos.

—Hoy podríamos ir a almorzar al Hotel President —dijo—. Tenemos que celebrar este asunto tan importante.

A Mma Ramotswe le pareció bien. Dijo que a las doce estaría lista y que después, si se terciaba, quizá podrían ir a casa de él y así veía cómo era. Habría que elegir entre una de las dos casas. La de Zebra Drive tenía muchas cualidades, pero estaba bastante cerca del centro de la ciudad y no era mala idea estar un poco más apartados. La casa de él, cercana al viejo aeródromo, tenía un jardín más grande y sin duda era más tranquila, pero ¿no había por allí un cementerio muy descuidado? Ése era un factor a tener en cuenta; si ella, por alguna razón, se quedaba sola de noche en la casa, no quería tener tan cerca un cementerio. No es que Mma Ramotswe fuera supersticiosa; sus ideas teológicas eran convencionales y no admitían fantasmas ni espíritus inquietos, pero sin embargo...

Según Mma Ramotswe, estaba Dios —*Modimo*—, que vivía en el cielo, más o menos justo encima de África. Dios era extraordinariamente comprensivo, sobre todo con personas como ella, pero quebrantar sus normas, como tanta gente hacía con la más completa desconsideración, era provocar un justo castigo. Las personas buenas, como Obed Ramotswe, el padre de Mma Ramotswe, iban al cielo después de morir. El destino de los que no eran buenos no estaba claro, pero iban a parar a algún sitio terrible (ella se imaginaba una cosa tipo Nigeria) y no eran perdonados hasta que reconocían sus fechorías.

Dios había sido bueno con ella, pensaba Mma Ramotswe. Le había dado una infancia feliz, a pesar de que había perdido a su madre a muy tierna edad. Su padre y la prima de éste le habían enseñado lo que era dar amor; amor que ella a su vez había dado —aquellos breves y preciosos días— a su bebé. Y cuando la batalla del niño por la vida tocó a su fin, Mma Ramotswe se preguntó por qué Dios le hacía esto, pero después lo había entendido. Ahora, la bondad divina se ponía de nuevo de manifiesto, esta vez con la aparición del señor J.L.B. Matekoni, un hombre bueno y afable. Dios le había enviado un marido.

Tras festejarlo comiendo en el Hotel President —el señor J.L.B. Matekoni se zampó dos grandes filetes y Mma Ramotswe, que era golosa, acabó comiendo más helado del que tenía intención de comer—, montaron en la camioneta del señor J.L.B. Matekoni y fueron a inspeccionar la casa.

—No es que esté muy limpia —dijo, nervioso, el señor J.L.B. Matekoni—. Procuro tenerla limpia y ordenada, pero eso para un hombre no es fácil. Viene una asistenta, aunque yo diría que aún lo empeora más. Es una mujer poco pulcra.

—Podemos quedarnos con la que trabaja para mí —dijo Mma Ramotswe—. Lo hace todo muy bien: planchar, limpiar, sacar brillo. Para estas cosas, es una de las mejores de Botswana. A la de usted le buscaremos otra ocupación.

—Y en algunas habitaciones guardo piezas de motor —añadió rápidamente el señor J.L.B. Matekoni—. A veces no tenía espacio suficiente en el taller y me veía obligado a meterlas en casa; son cosas interesantes que tal vez podría necesitar.

Mma Ramotswe guardó silencio. Ahora entendía por qué el señor J.L.B. Matekoni no la había invitado nunca a su casa. Su despacho en Speedy Motors de Tlokweng Road era un desastre, con todo lleno de grasa y aquellos calendarios que le enviaban los proveedores de piezas de repuesto. Eran, a su modo de ver, unos calendarios ridículos, con todas aquellas señoritas flaquísimas tumbadas encima de neumáticos o apoyadas en coches. Unas inútiles, todas ellas: no valdrían para parir hijos, y ninguna de ellas tenía cara de haberse sacado el certificado escolar, o de haber terminado siquiera la primaria. Chicas para pasarlo bien que sólo conseguían poner calientes a los hombres y volverlos locos, lo cual no era bueno para nadie. Ojalá supieran ellos hasta qué punto hacían el ridículo por culpa de esas chicas malas; pero ellos no se enteraban, y era inútil hacérselo ver.

Llegaron al camino particular y Mma Ramotswe se quedó en la camioneta mientras el señor J.L.B. Matekoni abría la verja pintada de gris plata. Se fijó en que el cubo de la basura estaba destapado (unos perros, seguro) y que había papeles y otros desperdicios por el suelo. Si ella llegaba a mudarse aquí —una posibilidad remota—, esto se acabaría pronto. En la sociedad tradicional de Botswana, mantener el jardín en buen estado era responsabilidad de la mujer, y ella, desde luego, no querría que la asociaran con un sitio como éste.

Aparcaron frente al pequeño porche bajo una tosca cubierta que el señor J.L.B. Matekoni había hecho con ramas secas. Para lo habitual en estos tiempos, era una casa grande, edificada en una época en que no había que preocuparse por el espacio. En aquel entonces la mayor parte de África estaba libre, sin utilizar, y nadie se molestaba en ahorrar espacio. Ahora era distinto, la gente empezaba a preocuparse por el crecimiento descontrolado de las ciudades. La casa del señor J.L.B. Matekoni, un bungalow bajo y un tanto lúgubre con tejado de chapa ondulada, había sido construida en los días del protectorado para un funcionario colonial. Las paredes de fuera estaban enyesadas y blanqueadas, los suelos eran de cemento pulido pintado de rojo, formando cuadrados grandes. Siempre resultaban frescos en los meses de más calor, estos suelos, aunque nada era tan confortable para los pies como el barro batido o los excrementos de vaca de los suelos tradicionales.

Mma Ramotswe miró a su alrededor. Estaban en el salón, al que se accedía directamente desde la puerta principal. Había todo un juego de muebles —caros en su día, pero claramente venidos a menos—. Las sillas, provistas de brazos de madera, estaban tapizadas de rojo, y había una mesa negra de madera noble con un cenicero y un vaso vacío encima. Decorando las paredes, había un cuadro de una montaña sobre terciopelo oscuro, una cabeza de antílope en madera, y una fotografía pequeña de Nelson Mandela. El efecto de conjunto era muy agradable, pensó Mma Ramotswe, aunque sin duda tenía ese aire de abandono tan característico de la vivienda de un hombre soltero.

—Es una estancia muy bonita —observó Mma Ramotswe.

El señor J.L.B. Matekoni sonrió de oreja a oreja.

—Procuro que esté limpia y ordenada —dijo—. Es importante tener una habitación especial para las visitas importantes.

—¿Recibe visitas importantes? —preguntó Mma Ramotswe.

El señor J.L.B. Matekoni torció el gesto.

—Hasta ahora no, ninguna. Pero nunca se sabe.

—Es verdad —concedió ella.

Dirigió la vista hacia una puerta que comunicaba con el resto de la casa.

—¿A las otras habitaciones se va por ahí? —preguntó educadamente.

—Sí —dijo el señor J.L.B. Matekoni—. Ésa es la parte no tan limpia de la casa. Quizá sería mejor verla en otro momento.

Mma Ramotswe negó con la cabeza y él se dio cuenta de que no había escapatoria. Esto, suponía él, formaba parte del matrimonio; no existían secretos entre cónyuges: había que enseñarlo todo.

—Adelante —dijo con cierta timidez, abriendo la puerta—. He de buscarme otra asistenta. La verdad es que ésta no trabaja nada bien.

La primera puerta del pasillo estaba entornada y Mma Ramotswe se detuvo en el umbral para mirar adentro. El suelo de la habitación, que sin duda había sido dormitorio, estaba cubierto de papel de periódico, como si fuera una moqueta. En mitad de la habitación había un motor con los cilindros al aire, y en el suelo, a su alrededor, las piezas que alguien había ido sacando.

—Es un motor muy especial —explicó el señor J.L.B. Matekoni, mirándola nervioso—. No hay otro igual en todo Botswana. Algún día terminaré de arreglarlo.

Siguieron adelante. A continuación venía un cuarto de baño, que a Mma Ramotswe le pareció suficientemente limpio aunque un tanto austero y descuidado. En el borde de la bañera, sobre una manopla blanca de las antiguas, había una pastilla grande de jabón carbólico, el de color verde. Aparte de eso, no había nada más.

—El jabón carbólico es un muy sano —dijo el señor J.L.B. Matekoni—. Yo siempre lo uso.

Mma Ramotswe asintió con la cabeza. A ella le gustaba más el de aceite de palma, que era bueno para el cutis, pero entendía que a los hombres les gustara algo más vigorizante. Era un cuarto de baño desangelado, pensó, pero al menos estaba limpio.

De las restantes habitaciones, sólo una estaba habitable, el comedor, que tenía una mesa en el medio y una silla solitaria. El suelo, no obstante, estaba sucio y había bolas de polvo bajo los muebles y en los rincones. Quienquiera que supuestamente tenía que limpiar esta sala, no la había barrido en meses. ¿Qué hacía entonces, la asistenta? ¿Se pasaba el día de cháchara con sus amigas, como eran propensas a hacer si uno no las vigilaba? Le pareció indudable que la asistenta se aprovechaba del señor J.L.B. Matekoni y de su buen carácter, sabiendo que no la iba a despedir.

Las otras habitaciones, aunque tenían camas, estaban repletas de cajas con bujías, limpiaparabrisas y otras curiosas piezas mecánicas. Y en cuanto a la cocina, aunque limpia, estaba también prácticamente desnuda, sólo había dos cacerolas, varios platos esmaltados y una pequeña bandeja de cubiertos.

—Se supone que la asistenta me hace la comida —dijo el señor J.L.B. Matekoni—. Cocina todos los días, pero siempre me prepara lo mismo: gachas y estofado. A veces cocina una calabaza, pero no muy a menudo. Eso sí, siempre está pidiendo dinero para utensilios de cocina.

—Es muy perezosa, ya veo —dijo Mma Ramotswe—. Debería darle vergüenza. Si todas las mujeres de Botswana fueran así, nuestros hombres habrían muerto hace mucho tiempo.

El señor J.L.B. Matekoni sonrió. Su asistenta lo tenía esclavizado desde hacía años y él nunca había tenido valor para plantarle cara. Pero quizá había encontrado la horma de su zapato en Mma Ramotswe y pronto tendría que buscarse otro de quien aprovecharse.

—¿Y la mujer, dónde está? —preguntó Mma Ramotswe—. Me gustaría hablar con ella.

El señor J.L.B. Matekoni consultó su reloj.

—No debería tardar —dijo—. Viene todas las tardes a esta hora.

Estaban sentados en el salón cuando llegó la asistenta, anunciando su presencia con un portazo en la cocina.

—Es ella —dijo el señor J.L.B. Matekoni—. Siempre da portazos. En todos los años que lleva trabajando en esta casa, nunca ha cerrado una puerta sin hacer ruido. Siempre portazos.

—Vayamos a verla —dijo Mma Ramotswe—. Me interesa conocer a esta señora que tan bien ha cuidado de usted.

Fueron a la cocina. Delante del fregadero, donde estaba llenando de agua un hervidor, se encontraba una mujer voluminosa de treinta y tantos años. Era considerablemente más alta que el señor J.L.B. Matekoni y que Mma Ramotswe, aunque un poco más delgada que ésta, no obstante lo cual parecía fuerte, con unas piernas recias y un par de buenos bíceps. Llevaba puesto un viejo sombrero rojo y una bata azul encima del vestido. Sus zapatos eran de una curiosa piel brillante, parecida al raso con que hacían las zapatillas de baile.

El señor J.L.B. Matekoni carraspeó para anunciar su presencia, y la mujer se volvió muy lentamente.

—Estoy ocupada… —empezó a decir, pero calló al ver allí a Mma Ramotswe.

El señor J.L.B. Matekoni la saludó educadamente, al modo tradicional, y luego presentó a su invitada.

—Le presento a Mma Ramotswe —dijo.

La asistenta la miró e hizo una escueta inclinación de cabeza.

—Me alegro de haber tenido ocasión de conocerla, Mma —dijo Mma Ramotswe—. El señor J.L.B. Matekoni me ha hablado de usted.

La asistenta miró a su jefe.

—Ah, ya veo —dijo—. Pues me alegro de que hable de mí. No me gustaría pensar que nadie habla de mí.

—Es preferible que hablen de uno a que no hablen en absoluto —dijo Mma Ramotswe—. Salvo excepciones, claro.

La asistenta frunció el entrecejo. El hervidor estaba lleno y lo apartó del grifo.

—Estoy muy atareada —dijo—. Hay mucho que hacer en esta casa.

—Y que lo diga —dijo Mma Ramotswe—. Hay muchísimo que hacer. Una casa sucia como ésta necesita horas de trabajo.

La asistenta se puso rígida.

—¿Por qué dice que la casa está sucia? ¿Quién es usted para decir que la casa está sucia?

—Ella… —empezó el señor J.L.B. Matekoni, pero la asistenta lo hizo callar con una mirada asesina.

—Hablo por lo que he visto —intervino Mma Ramotswe—. He visto todo el polvo que hay en el comedor y los desperdicios desperdigados por el jardín. El señor

J.L.B. Matekoni es sólo un hombre, no puede esperarse que se ocupe él de tener la casa limpia.

La asistenta había abierto mucho los ojos y ahora miraba a Mma Ramotswe con mal disimulada cólera. Tenía las ventanas de la nariz hinchadas, los labios vueltos hacia fuera en una especie de agresivo puchero.

—Llevo muchos años trabajando para este hombre —masculló—. Un día y otro día, trabajo y más trabajo. Le he hecho buenas comidas y he sacado brillo al suelo. Le cuido lo mejor que sé.

—Yo no opino lo mismo, Mma —dijo Mma Ramotswe sin alterarse—. Si tan bien lo ha estado alimentando, ¿por qué está flaco? Un hombre bien cuidado engordaría un poco. Son como las vacas, eso es cosa sabida.

La asistenta desvió la vista hacia el mecánico.

—¿Quién es esta mujer? —inquirió—. ¿Qué pinta en mi cocina y por qué me critica de esta manera? Haga el favor de decirle que se vuelva al bar donde la ha encontrado usted.

El señor J.L.B. Matekoni tragó saliva.

—Le he pedido que se case conmigo —balbució—. Va a ser mi esposa.

Al oír esto, la asistenta pareció arrugarse.

—¡Aaaah! —exclamó—. ¡Imposible! ¡No puede casarse con esta mujer! ¡Acabará con usted! Es la peor idea que ha tenido nunca.

El señor J.L.B. Matekoni avanzó unos pasos y trató de consolarla poniéndole una mano en el hombro.

—No se preocupe, Florence —dijo—. Mma Ramotswe es una buena mujer, me ocuparé de buscarle a usted otro trabajo. Tengo un primo que es propietario de un hotel cerca de la estación de autobuses. Necesita personal, y estoy seguro de que la colocará si yo se lo pido.

Esto no apaciguó a la asistenta.

—Yo no quiero trabajar en un hotel, tratan a la gente como esclavos —dijo—. No soy de ésas a las que se les dice haz esto, haz lo otro. Soy una asistenta de categoría, ideal para casas particulares. ¡Oh! ¡Y qué voy a hacer ahora! Estoy acabada. Y usted también, si se casa con esta gorda. Le romperá la cama, ya verá. Seguro que morirá usted muy pronto. Esto es el fin.

El señor J.L.B. Matekoni miró de soslayo a Mma Ramotswe, indicando que salieran de la cocina. Pensó que sería mejor, así la asistenta podría reponerse a solas. No había imaginado que la noticia iba a ser bien recibida, pero tampoco contaba con que la asistenta le saldría con tan inquietantes y lúgubres profecías. Cuanto antes hablara con su primo y lo convenciera para que la contratase, mucho mejor.

Volvieron al salón y cerraron la puerta.

—Esa asistenta es una persona difícil —dijo Mma Ramotswe.

—No es fácil tratar con ella —dijo el señor J.L.B. Matekoni—. Pero me parece que no hay otra alternativa. Tendrá que cambiar de trabajo.

Mma Ramotswe asintió, pensativa. La asistenta tendría que irse, pero ellos también. No podían vivir en esta casa, aunque tuviera un jardín más grande. Lo mejor sería buscar un inquilino y mudarse a Zebra Drive. La asistenta de Mma Ramotswe era muchísimo mejor y cuidaría de los dos de maravilla. En cuestión de unas semanas, el señor J.L.B. Matekoni empezaría a ganar peso y tendría más el aspecto de propietario de taller mecánico que le correspondía. Miró a su alrededor. ¿Había algo en esta sala de estar que necesitaran llevarse a Zebra Drive? La respuesta, pensó, era seguramente no. Lo único que el señor J.L.B. Matekoni necesitaba llevar era una maleta con su ropa y la pastilla de jabón carbólico. Con eso bastaría.

Capítulo 2

Llega un cliente

Habría que manejar la cuestión con mucho tacto. Mma Ramotswe sabía que el señor J.L.B. Matekoni se alegraría mucho de vivir en Zebra Drive —estaba segura de ello—, pero los hombres eran orgullosos y tendría que comunicarle la decisión con sumo cuidado. No podía decir, por ejemplo: «Su casa es un desastre; hay motores y piezas de coche por todas partes». Ni tampoco: «No me gustaría vivir tan cerca de un cementerio». Tendría que plantearlo más o menos así: «Es una casa estupenda, con mucho espacio. No me importan nada los motores viejos, pero estoy segura de que convendrá conmigo en que Zebra Drive resulta más cómodo por su cercanía al centro de la ciudad». Ésa sería la manera.

Ya había pensado en cómo habría que organizar la llegada del señor J.L.B. Matekoni a Zebra Drive. No era una casa tan grande como la de él, pero tendría sitio más que de sobra. Había tres dormitorios. Ellos ocuparían el más grande de los tres, que era también el más tranquilo porque estaba en la parte de atrás. Ahora utilizaba las otras dos habitaciones para guardar cosas y para coser, pero podía despejar el cuarto trastero y meterlo todo en el garaje. De este modo, el señor J.L.B. Matekoni dispondría de un cuarto para su uso personal. Si quería guardar en él piezas de coche o motores viejos, eso sería cosa suya, pero ya se encargaría ella de sugerirle claramente que los motores estarían mejor fuera de la casa.

La sala de estar podría quedarse más o menos como estaba. Las sillas eran infinitamente mejores que los muebles que había visto en casa de él, aunque era probable que el señor J.L.B. Matekoni quisiera traerse el cuadro de la montaña y un par de adornos. Servirían de complemento a las cosas que ella tenía en la sala de estar: la fotografía de su papá —como ella lo llamaba—, Obed Ramotswe, con su reluciente traje favorito, esa fotografía ante la que tan a menudo se paraba a pensar en lo que su padre había significado para ella. Estaba convencida de que habría dado su visto bueno al señor J.L.B. Matekoni. La había prevenido en contra de Note Mokoti pero sin tratar de impedir el matrimonio, como en cambio habrían hecho algunos padres. Ella conocía sus sentimientos, pero era demasiado joven entonces y estaba demasiado encaprichada de aquel persuasivo trompetista como para tener en cuenta lo que pensara su padre. Y luego, terminado el matrimonio de la peor manera, él se privó de mencionar que ya presentía que eso era lo que pasaría; sólo se mostró, como siempre, preocupado por la seguridad y la felicidad de su hija. Qué suerte, pensaba Mma Ramotswe, haber tenido un padre así; hoy había tanta gente que no tenía padre, niños criados por sus madres o sus abuelas y que, en muchos casos, no sabían ni quién era su padre. No se los veía descontentos, sin embargo, pero en sus vidas siempre habría una profunda brecha. Claro que, si uno no sabe que existe esa brecha, tal vez no se preocupa por ello. Si fueras un ciempiés, un *tshongololo*, ¿mirarías desde el suelo a los pájaros y te preocuparía no tener alas? Lo más probable es que no.

Mma Ramotswe era propensa a la especulación filosófica, pero sólo hasta cierto punto. Todas esas preguntas daban mucho que pensar, pero casi siempre conducían a nuevas preguntas que sencillamente no tenían respuesta. Y llegado a este punto, uno terminaba casi siempre aceptando que las cosas son como son simplemente porque así es como son. Todo el mundo sabía, por ejemplo, que un hombre no debe acercarse al lugar en donde una mujer está dando a luz. Eso era algo tan obvio que casi ni hacía falta decirlo. Pero en otros países tenían extrañísimas ideas en el sentido de que los hombres deben asistir al parto de sus hijos. Cuando Mma Ramotswe lo leyó en una revista, le dio un vuelco el corazón. Luego, sin embargo, se había preguntado por qué un padre no iba a poder ver cómo nacía su hijo, darle la bienvenida al mundo y compartir la alegría de ese momento, y le había costado encontrar una razón. Eso no quería decir que no estuviera mal (no le cabía la menor duda de que un hombre no debía estar presente allí), pero ¿cómo justificar la prohibición? En definitiva, la respuesta debía de ser que estaba mal porque así lo decía la vieja ética de Botswana, y, como todo el mundo sabía, la vieja ética de Botswana no se equivocaba nunca. Uno *notaba* que era lo correcto.

Sin embargo, muchas personas parecían desviarse hoy en día de esa ética, de esa moralidad. Lo veía en el comportamiento de los colegiales, que iban por ahí dando empujones sin el menor respeto por las personas mayores.

Cuando ella iba a la escuela, los niños mostraban respeto por los adultos y bajaban la vista cuando se les dirigía la palabra, pero los niños de ahora te miraban a la cara y te contestaban. Unos días atrás, en las galerías comerciales, le había dicho a un muchacho —tendría apenas trece años— que recogiera una lata vacía que había tirado al suelo. Él la había mirado de hito en hito, se había echado a reír y le había dicho que la recogiera ella si quería, porque él no tenía la menor intención de hacerlo. Tan grande había sido su asombro ante el descaro del muchacho, que había sido incapaz de dar una réplica adecuada, y el chico se había alejado pavoneándose y dejándola con un palmo de narices. En su juventud, una mujer adulta habría agarrado al chaval y le habría dado unos azotes allí mismo. Oh, pero ahora no podías dar una azotaina en plena calle a un hijo que no fuera tuyo; se podía armar un alboroto tremendo. Mma Ramotswe se consideraba moderna, por supuesto, y no aprobaba que se pegara a los niños, pero había veces en que no lo tenía claro. Aquel muchacho ¿habría tirado la lata al suelo de haber sabido que alguien podía darle un par de bofetadas? Seguramente no.

Pensar en el matrimonio, en la mudanza, en los castigos a niños, todo eso estaba bien, pero había que atender las cosas de la vida diaria, y esto significaba abrir la 1ª Agencia de Mujeres Detectives el lunes por la mañana, como Mma Ramotswe hacía cada día laborable, aun cuando la posibilidad de que se presentara alguien o recibiera alguna llamada de trabajo fuese realmente pequeña. Ella consideraba importante cumplir su palabra, y el rótulo que había delante de la agencia decía que ésta abría de nueve de la mañana a cinco de la tarde. De hecho, ningún cliente había ido a hacerle una consulta hasta bien entrada la mañana, y lo normal era que se presentaran a media tarde. No sabía por qué era así, aunque a veces le daba por pensar que a la gente le costaba hacer acopio de valor para entrar en la agencia y desvelar aquello que los tenía preocupados.

De modo que allí estaba Mma Ramotswe en compañía de su secretaria, Mma Makutsi, bebiendo un tazón grande de té rooibos que ésta había preparado de buena mañana para las dos. Mma Ramotswe no necesitaba secretaria, en realidad, pero un negocio que pretendía pasar por serio necesitaba a alguien que contestara el teléfono o que atendiera llamadas si ella estaba fuera. Mma Makutsi era una excelente mecanógrafa —había sacado un 97 por ciento en los exámenes finales de secretariado— y probablemente se estaba echando a perder en un negocio tan pequeño, pero era buena compañía, una persona muy leal y, por encima de todo, tenía el don de ser discreta.

«No debemos hablar de lo que veamos u oigamos aquí», había recalcado Mma Ramotswe al contratarla, y Mma Makutsi había asentido solemnemente con la cabeza. En Botswana, la gente solía comentar todo lo que pasaba y Mma Ramotswe no se hacía ilusiones de que su secretaria entendiera el concepto de confidencialidad, pero le sorprendió comprobar que Mma Makutsi comprendía perfectamente lo que entrañaba esa obligación. En efecto, Mma Ramotswe había descubierto que su secretaria se negaba incluso a decir a los demás dónde trabajaba, mencionando tan sólo una oficina «por la zona de Kgale Hill». Tanto secreto no era necesario, a decir verdad, pero indicaba hasta qué punto las confidencias de los clientes estarían seguras con ella.

El primer té en la agencia era un ritual reconfortante, a la vez que útil desde el punto de vista profesional. Mma Makutsi era extraordinariamente observadora y estaba además muy atenta a cualquier pequeño chisme que creyera podía ser útil. Fue gracias a ella, por ejemplo, como Mma Ramotswe se enteró de que un funcionario del departamento de Urbanismo se proponía casarse con la hermana de la propietaria de la tintorería Ready Now. Esta información podría haber parecido trivial o frívola, peo cuando el dueño de un supermercado contrató a Mma Ramotswe para averiguar por qué le negaban el permiso para edificar una tintorería junto a su supermercado, resultó útil poder explicar que la persona que tomaba esa decisión podía tener intereses en otra tintorería, competencia de la anterior. Esa sola información puso fin al sinsentido; Mma Ramotswe no había tenido que hacer otra cosa que decirle al funcionario que en Gaborone había personas que andaban diciendo —sin duda «injustificadamente»— que se dejaba influir en sus decisiones por intereses comerciales propios. Añadió que cuando se lo habían comentado, ella, naturalmente, había rechazado de plano el rumor, aduciendo que era imposible que existiera la menor relación entre los vínculos del funcionario con las tintorerías y las dificultades que alguien pudiera estar teniendo para obtener el permiso a fin de abrir un negocio de ese ramo. La mera idea resultaba escandalosa, le había dicho al funcionario.

Aquel lunes, Mma Makutsi no tenía nada particularmente interesante que comunicar. Había pasado un fin de semana bastante tranquilo en casa de su hermana, que trabajaba de enfermera en el Hospital Princess Marina. Habían comprado tela y habían empezado un vestido para la hija de la hermana. El domingo, en la iglesia, una mujer se había desmayado durante uno de los cánticos. Su hermana había ayudado a reanimarla y luego le había dado a beber té en el salón parroquial. La mujer, por lo visto, estaba demasiado gorda y no había podido soportar el calor, pero se había recuperado pronto, a juzgar por las cuatro tazas de té que se había tomado. Era del norte, de Francistown, y tenía doce hijos.

—Qué exageración —dijo Mma Ramotswe—. En estos tiempos modernos, no es buena cosa tener una docena de hijos. El gobierno debería aconsejar a la gente no tener más de seis. Seis es más que de sobra, o a lo sumo siete u ocho, si uno puede permitirse mantener a tantos.

Mma Makutsi estuvo de acuerdo. Ella tenía cuatro hermanos y dos hermanas, y pensaba que esto había impedido a sus padres atender adecuadamente a la educación de cada uno de ellos.

—Fue un milagro que yo sacara un noventa y siete por ciento —dijo.

—Si sólo hubieran tenido tres hijos, habría sacado usted más del cien por cien —observó Mma Ramotswe.

—Eso no es posible —dijo Mma Makutsi—. En toda la historia de la Escuela de Secretariado de Botswana, nadie ha sacado más del cien por cien. Es sencillamente imposible.

Aquella mañana no tuvieron trabajo. Mma Makutsi limpió la máquina de escribir y sacó brillo a su escritorio mientras Mma Ramotswe leía una revista y escribía una carta a su prima de Lobatse. Las horas pasaban despacio, y a eso de las doce Mma Ramotswe decidió cerrar la agencia para ir a comer. Pero justo cuando se disponía a proponérselo a Mma Makutsi, su secretaria cerró ruidosamente un cajón, introdujo una hoja de papel en la máquina de escribir y empezó a teclear con brío. Era la señal de que llegaba un cliente.

Un coche grande, con la consabida capa de polvo que se posaba por todas partes en la estación seca, había parado frente a la agencia y una mujer blanca, delgada, con una blusa caqui y un pantalón del mismo color, acababa de apearse por el lado del copiloto. Miró brevemente el rótulo que había delante del edificio, se quitó las gafas de sol y llamó con los nudillos a la puerta entreabierta.

Mma Makutsi la hizo pasar a la oficina mientras Mma Ramotswe se levantaba de su silla para recibirla.

—Siento presentarme sin cita previa —dijo la mujer—. Confiaba en encontrarla.

—Aquí no hace falta cita previa —dijo afectuosamente Mma Ramotswe, tendiéndole la mano—. Todo el mundo es bienvenido.

La mujer le tomó la mano a la usanza correcta en Botswana, según observó Mma Ramotswe, poniendo su mano izquierda sobre su antebrazo derecho como señal de respeto. La mayoría de los blancos estrechaba la mano con grosería, asiendo una sola mano mientras dejaban la otra libre para hacer toda suerte de cosas impropias. Esta mujer, al menos, había aprendido algo acerca de cómo comportarse.

La invitó a tomar asiento en la silla que reservaban a los clientes, mientras Mma Makutsi iba a ocuparse del té.

—Soy la señora Andrea Curtin —se presentó la mujer—. Oí decir en mi embajada que usted era detective y que tal vez podría ayudarme.

Mma Ramotswe arqueó una ceja:

—¿La embajada?

—Sí, la de Estados Unidos —dijo la señora Curtin—. Les pedí que me dieran las señas de una agencia de detectives.

Mma Ramotswe sonrió.

—Me alegro de que me recomendaran a mí —dijo—. Pero ¿qué es lo que necesita?

La mujer se miró las manos, juntas sobre el regazo. Mma Ramotswe pudo ver que tenía la piel de las manos pecosa, como les pasaba a muchos blancos si se exponían demasiado al sol. Quizá era una americana que llevaba mucho tiempo en África; no sería la primera. Muchos extranjeros acababan enamorándose de África y quedándose a vivir aquí, muchos de ellos hasta su muerte. Mma Ramotswe lo comprendía. No le cabía en la cabeza que nadie pudiera querer vivir en otra parte. ¿Cómo sobrevivía la gente en esos climas fríos del norte, con tanta nieve, siempre lloviendo y todo el día oscuro?

—Podría decir que estoy buscando a una persona —continuó la señora Curtin, alzando ahora los ojos para mirarla a la cara—. Pero eso implicaría que hay alguien a quien buscar, y no creo que lo haya. De modo que lo plantearé de otra manera: estoy tratando de averiguar qué le ocurrió a cierta persona, hace ya bastante tiempo. No espero que dicha persona esté viva. Bueno, estoy convencida de que no, pero me gustaría saber qué pasó.

—A veces es importante saber, Mma —dijo Mma Ramotswe—. Y si ha perdido usted a alguien, la acompaño en el sentimiento.

La señora Curtin sonrió.

—Muy amable de su parte. Sí, perdí a alguien.

—¿Cuándo? —preguntó Mma Ramotswe.

—Hace diez años. Perdí a mi hijo hace diez años.

Se produjo un breve silencio. Mma Ramotswe desvió disimuladamente la vista hacia el fregadero, donde se encontraba su secretaria, y vio que Mma Makutsi estaba observando con gran atención a la señora Curtin. Al notar que su jefa la miraba, mostró una expresión de culpa y volvió a la tarea de llenar la tetera.

Mma Ramotswe rompió el silencio.

—Lo lamento. Sé lo que es perder a un hijo.

—¿De veras?

Mma Ramotswe creyó detectar cierto retintín, una especie de reto, pero respondió con suavidad.

—Perdí a mi bebé.

La señora Curtin bajó la vista.

—Entonces sabe lo que es eso —dijo.

Mma Makutsi tenía ya preparado el té rooibos y se acercó con dos tazones sobre una bandeja que tenía el esmalte desportillado. La señora Curtin cogió un tazón y con gesto agradecido empezó a dar sorbitos del humeante líquido rojo.

—Debería contarle algo de mí misma —dijo—. Así entenderá por qué estoy aquí y por qué me gustaría contar con su ayuda. Si es posible, estaré encantada, pero si no, lo comprenderé.

—Yo no puedo ayudar a todo el mundo —dijo Mma Ramotswe—. Ni usted ni yo malgastaremos tiempo o dinero. Si creo que puedo ayudarla, se lo diré.

La señor Curtin dejó su tazón y se pasó la mano por la pernera de su pantalón caqui.

—Entonces déjeme que le diga qué hace aquí una norteamericana, en este país, y ahora en su despacho. Cuando haya terminado de hablar, usted me dirá si puede ayudarme. Así de sencillo. O sí o no.

Capítulo 3

Un chico de corazón africano

Llegué a África hace doce años. Yo tenía entonces cuarenta y tres y África no significaba nada para mí. Supongo que mis ideas al respecto eran las habituales, un batiburrillo de imágenes de safaris, la sabana, el Kilimanjaro asomando de entre las nubes. Pensaba también en la hambruna, en guerras civiles, en niños semidesnudos y con la barriga hinchada mirando a la cámara, sumidos en la desesperanza. Sé que todo eso es sólo una parte —y tampoco la más importante—, pero es lo que yo tenía entonces en la cabeza.

Mi marido era economista. Nos conocimos en la universidad y nos casamos poco después de licenciarnos; éramos muy jóvenes pero nuestro matrimonio duró. Le ofrecieron un empleo en Washington y acabó trabajando en el Banco Mundial. Llegó a ocupar un cargo importante y podría haberse quedado siempre en Washington, escalando puestos, pero empezó a sentirse intranquilo y un día dijo que había una vacante como director regional de las actividades del Banco Mundial en esta zona de África, lo cual suponía pasar dos años aquí en Botswana. Era un ascenso, después de todo, y si eso le curaba la inquietud a mí me parecía preferible a que tuviera una aventura con otra mujer, que es como muchos se curan la inquietud. Ya sabe usted lo que pasa, Mma, cuando los hombres se dan cuenta de que ya no son jóvenes, les entra pánico y buscan una mujer más joven que los haga sentirse todavía hombres.

Yo no habría soportado algo así, de modo que estuve de acuerdo y nos trasladamos aquí con nuestro hijo, Michael, que acababa de cumplir los dieciocho. Tenía que entrar en la facultad ese año, pero decidimos que pasara un año sabático con nosotros antes de ingresar en Dartmouth, que es una universidad muy buena de Estados Unidos. Las hay que no son nada buenas, Mma, pero ésa es la mejor de todas y estábamos orgullosos de que lo hubieran admitido allí.

Michael se hizo a la idea de venir a África y empezó a leer todo lo que encontró sobre este continente. Para cuando llegamos, sabía ya mucho más que su padre o su madre. Leyó todo lo que había escrito Van der Post —todas esas bobadas utópicas— y luego pasó a cosas de más envergadura, libros de antropología sobre los san e incluso los diarios de Moffat. Creo que fue así como se enamoró de África, a través de todos esos libros, antes incluso de haber pisado suelo africano.

El Banco Mundial nos había conseguido una casa en Gaborone, detrás de la sede de la legislatura estatal, donde están todas las embajadas y demás. A mí me encantó en seguida. Aquel año las lluvias habían sido buenas y el jardín estaba bien cuidado. Había muchos parterres con cañas de indias y lirios de agua; enormes buganvillas, generosos céspedes de kikuyu: un pequeño paraíso rodeado por un muro blanco.

Michael era como el niño que acaba de descubrir dónde está la llave del armario de los caramelos. Se levantaba muy temprano y tomaba la carretera de Molepolole en la camioneta de Jack. Luego recorría a pie la sabana durante cosa de una hora y regresaba para desayunar. Yo le acompañé un par de veces a pesar de que no me gusta levantarme tan temprano, y Michael no paraba de hablarme sobre los pájaros que veíamos y los lagartos que reptaban por el polvo; en cuestión de días, ya se sabía todos los nombres. Y luego veíamos salir el sol a nuestra espalda y sentíamos su calor. Ya sabe usted cómo es eso, Mma, cuando estás cerca del Kalahari; es el momento del día en que el cielo está blanco y el aire lleva ese penetrante olor, y te entran ganas de llenarte los pulmones hasta reventar.

Jack estaba muy ocupado con su trabajo y tenía entrevistas cada dos por tres: con gente del gobierno, cooperantes de los Estados Unidos, gente del mundo de las finanzas… A mí no me interesaba nada todo eso, de modo que me dedicaba a llevar la casa y a reunirme con alguien para tomar un café por la mañana. También echaba una mano en la clínica metodista, como llevar gente en coche de la clínica a sus pueblos, que era además una buena manera de conocer un poco el país. Así fue, Mma Ramotswe, como llegué a saber bastante sobre Botswana.

Creo poder afirmar que nunca había sido tan feliz. Estábamos en un país donde la gente se trataba con respeto, donde había otros valores aparte de acumular y acumular, que es lo que predomina allá en América. Fue, en cierto modo, una cura de humildad. Todo lo de mi país me parecía de repente muy vulgar y superficial comparado con lo que veía en África. Aquí la gente sufría y la escasez era la nota dominante, y no obstante existía una maravillosa caridad para con los demás. La primera vez que oí a africanos —completos desconocidos— llamarse hermano o hermana, me sonó francamente extraño. Pero pasado un tiempo entendí el significado y yo misma empecé a pensar igual. Un día, una mujer me llamó hermana por primera vez y me eché a llorar, y la pobre no entendía qué era lo que podía haberme afectado tanto. Entonces le dije: «No pasa nada. Sólo estoy llorando». Ojalá hubiera podido yo llamar hermanas a mis amigas, pero habría sonado artificioso o afectado, no podía hacerlo. Para que vea cómo me sentía. Estaba aprendiendo lecciones. Había venido a África y estaba aprendiendo.

Michael se puso a estudiar setswana y progresaba a buen ritmo. Un tal señor Nogama venía a casa cuatro días a la semana para darle clase. Era un hombre de casi setenta años, maestro retirado, una persona muy digna. Usaba unas pequeñas gafas redondas y uno de los lentes estaba roto. Yo me ofrecí a comprarle unas de recambio porque me pareció que el hombre iba mal de dinero, pero él me dijo que podía ver bastante bien, que muchas gracias pero no hacía falta. Se sentaban en la galería de la casa y el señor Nogana repasaba con él la gramática y le decía los nombres de todo aquello que veían: las plantas del jardín, las nubes, los pájaros.

«Su hijo aprende rápido —me dijo un día—. Tiene un corazón africano dentro de él; yo sólo estoy enseñando a hablar a ese corazón.»

Michael tenía sus propios amigos. Había bastantes americanos en Gaborone, algunos de edades similares a la de él, pero a Michael no parecían interesarle mucho, como tampoco otros jóvenes que eran hijos de padres diplomáticos. Prefería la compañía de los nativos o de personas que supieran algo de África. Pasaba mucho tiempo con un joven exiliado sudafricano y con un hombre que había sido médico voluntario en Mozambique. Eran gente seria, y a mí también me caían bien.

Unos meses después empezó a pasar cada vez más tiempo con un grupo de gente que vivía en una vieja granja pasado Molepolole. Había allí una chica afrikáner que había llegado unos años antes de Johannesburgo después de haberse visto metida en problemas de tipo político. Luego había un alemán de Namibia, un hombre larguirucho, con barba, que tenía ideas sobre cómo mejorar la agricultura, y varias personas de Mochudi que habían trabajado allí en el movimiento de las brigadas. Supongo que se lo podría llamar una comuna, pero eso daría una idea equivocada de lo que era. Yo pienso en las comunas como esos sitios donde se congregan los hippies para fumar *dagga*. No se trataba de eso. Todos eran gente muy formal y lo que en realidad querían era cultivar hortalizas en suelo muy seco.

La idea había partido de Burkhardt, el alemán. Él pensaba que la agricultura en países secos como Botswana y Namibia se podía transformar protegiendo los cultivos con sombrajos y regando por goteo. Usted ya habrá visto eso, Mma Ramotswe: se utilizan unas mangueras muy finas y las gotitas de agua salen por un difusor y riegan el suelo en la base de la planta. La verdad es que funciona. Yo lo he visto con mis propios ojos.

Burkhardt quería montar una cooperativa en los terrenos de esa vieja granja. Había conseguido reunir algún dinero no sé de dónde y habían hecho un pequeño desmonte y un pozo de sondeo. Con el tiempo convencieron a algunos lugareños para que se sumaran a la cooperativa y ya estaban produciendo una buena cosecha de calabaza y de pepino cuando yo fui a verlo por primera vez con Michael. Vendían la mercancía a los hoteles de Gaborone y a las cocinas del hospital.

Michael se pasaba cada vez más tiempo con ellos, y al final nos anunció que quería irse a vivir a la granja. Yo al principio me preocupé un poco —a qué madre no le habría pasado—, pero acabamos aceptando la idea al darnos cuenta de lo mucho que significaba para él hacer algo por África. De modo que lo acompañé hasta allí en coche un domingo por la tarde. Michael, al despedirnos, me dijo que vendría a la ciudad la semana siguiente y que pasaría a vernos, y así lo hizo. Se lo veía muy feliz, incluso entusiasmado, con la perspectiva de vivir allí con sus nuevos amigos.

Veíamos a Michael muy a menudo. La granja estaba a sólo una hora de la ciudad y ellos venían casi a diario con mercancía o para comprar víveres. Uno de los miembros de Botswana era enfermero y había montado una especie de clínica que se ocupaba de enfermedades poco importantes. Desparasitaban niños y trataban infecciones por hongos, cosas así. El gobierno les proporcionó una pequeña provisión de fármacos y Burckhardt conseguía el resto de diversas compañías que se alegraban de poder desembarazarse de fármacos ya caducados pero que servían igual de bien. El doctor Merriweather estaba entonces en el Hospital Livingstone y solía pasarse de vez en cuando por allí para ver que todo estuviera en orden. Una vez me dijo que el enfermero era tan bueno como la mayoría de los médicos.

Llegó el momento de que Michael regresara a Norteamérica. Tenía que presentarse en Dartmouth la tercera semana de agosto, y a finales de julio nos dijo que no tenía intención de ir. Quería quedarse en Botswana como mínimo un año más. Se había puesto en contacto con Dartmouth sin que nosotros lo supiéramos, y ellos habían accedido a aplazar un año su ingreso en la universidad. Como puede usted imaginarse, yo estaba alarmada. En mi país uno tiene que pasar por la universidad; si no, luego es imposible conseguir un empleo que merezca la pena. Y, por lo demás, me imaginaba a Michael colgando los estudios y pasando el resto de su vida en una comuna. Supongo que muchos padres han pensado lo mismo cuando sus hijos se marchan para dedicarse a alguna empresa idealista.

Jack y yo lo discutimos durante horas y él acabó convenciéndome de que lo mejor era asumir lo que Michael proponía; si intentábamos persuadirlo de lo contrario, podía acabar negándose por completo a ir. Si accedíamos, tal vez le sabría menos mal abandonar Botswana con nosotros, a finales del año siguiente.

«Está haciendo un buen trabajo —dijo Jack—. A su edad, la mayoría de los chicos son unos egoístas. Él no es así.»

Y era verdad. Lo que estaba haciendo Michael estaba muy bien. Botswana tenía fe en que esa clase de trabajo podía cambiar las cosas. Y recuerde que la gente se esforzaba por demostrar que existía una alternativa real a lo que estaba pasando en Sudáfrica. Botswana era como un faro entonces.

De modo que Michael se quedó y, naturalmente, cuando llegó el momento de marcharnos se negó a irse con nosotros. Nos dijo que todavía tenía trabajo pendiente y que quería dedicar a ello unos años más. La granja prosperaba; habían hecho algunas perforaciones más y estaban alimentando a veinte familias. Era demasiado importante para renunciar a ello.

Yo ya me lo imaginaba, y creo que Jack también. Intentamos convencerlo pero fue inútil. Además, Michael se había encariñado de la mujer sudafricana, pese a que era seis o siete años mayor que él. Yo pensé que ése era el verdadero motivo de que quisiera quedarse; nos ofrecimos a ayudarla a volver con nosotros a Estados Unidos, pero Michael no quiso saber nada del asunto. Era África, nos dijo, lo que lo retenía; si creíamos que era algo tan simple como una relación con una mujer, entonces no entendíamos la situación.

Nos fuimos dejándole una buena suma de dinero. Tengo la suerte de disponer de un fondo que mi padre me dejó en herencia y ese dinero significaba muy poco. Yo sabía que existía el riesgo de que Burkhardt lo convenciera para que aportara el dinero a la granja o lo invirtiera en la construcción de una presa o algo así, pero no me importó. Saber que había un dinero en Gaborone por si él lo necesitaba, me hacía sentir más tranquila.

Volvimos a Washington. Curiosamente, no bien estuvimos allí comprendí qué era exactamente lo que había impedido a Michael regresar. Allí todo parecía tan falso y tan… agresivo. No pasaba un día, ni uno solo, que no pensara en Botswana y lo echara de menos. Era casi como un dolor. Habría dado cualquier cosa por poder salir de mi casa y ponerme a la sombra de una acacia y contemplar ese enorme cielo blanco. O para oír voces africanas llamándose en la noche. Imagínese, añoraba incluso el calor de octubre.

Michael nos escribía todas las semanas, hablándonos de las novedades que había en la granja: me enteré de cómo iban los tomates, de los insectos que habían atacado las espinacas… Yo lo vivía casi en carne propia, porque me habría encantado estar allí haciendo lo que él hacía y sabiendo que eso era importante. Nada de lo que yo pudiera hacer en la vida era importante. Cooperé en varias obras de beneficencia; trabajé en un programa de alfabetización; llevaba libros de la biblioteca a ancianos que no podían salir de casa. Pero eso no era nada comparado con lo que mi hijo estaba haciendo a miles de kilómetros, en África.

Entonces, una semana no llegó carta, y al cabo de un par de días nos llamaron de la embajada de Estados Unidos en Botswana. Mi hijo había desaparecido. Estaban investigando el asunto y me avisarían tan pronto tuvieran alguna otra información.

Tomé un avión de inmediato. Al llegar aquí, una persona que yo conocía de la embajada me estaba esperando. Me explicó que Burkhardt había dado parte a la policía de que Michael había desaparecido de repente. En la granja hacían todas las comidas juntos, y él había estado en la cena aquella tarde. Nadie volvió a verle. La sudafricana no tenía la menor idea de adónde había podido ir, y la camioneta que Michael había comprado después de nuestra partida estaba todavía en el cobertizo. No había pistas que seguir.

La policía había interrogado a todos los de la granja pero no había conseguido más información. Nadie había visto a Michael y nadie tenía idea de lo que podía haber pasado. Era como si se lo hubiera tragado la noche.

Fui a la granja la misma tarde de mi llegada. Burkhardt estaba muy preocupado e intentó traquilizarme diciendo que seguramente Michael aparecería pronto, pero no pudo ofrecer ninguna explicación sobre por qué a mi hijo se le habría ocurrido irse sin decir nada a nadie. La sudafricana estaba taciturna; por alguna razón, recelaba de mí y apenas si dijo nada. También para ella era inexplicable la desaparición de Michael.

Estuve allí cuatro semanas. Pusimos un anuncio en el periódico ofreciendo una recompensa a quien aportara información sobre el paradero de Michael. Yo iba y venía de la granja, barajando mentalmente todas las posibilidades. Contraté a un explorador para que organizara una búsqueda por toda la zona. Al cabo de dos semanas abandonó: no había nada que encontrar.

Al final las posibilidades se redujeron a dos. Alguien lo había atacado, presumiblemente para robarle, y había escondido el cadáver; o bien había sido devorado por animales salvajes, quizá un león que hubiera venido del Kalahari. Habría sido muy improbable encontrar un león tan cerca de Molepolole, pero existía la posibilidad. Claro que, si así hubiera ocurrido, el explorador habría dado con alguna pista. Pero no. Ni el menor rastro. Ni excrementos raros de animales. Nada en absoluto.

Volví al cabo de un mes, y de nuevo varios meses más tarde. Todo el mundo era amable conmigo pero, al final, quedó claro que no tenían nada más que decirme. Dejé el asunto en manos de la embajada estadounidense y ellos de vez en cuando preguntaban a la policía si había noticias frescas. Nunca había nada.

Jack murió hace seis meses. Llevaba enfermo desde hacía tiempo, un cáncer de páncreas, y me habían dicho que no había esperanzas. Pero, después de que él falleciera, decidí que intentaría por última vez averiguar qué fue lo que le ocurrió a Michael. Tal vez le parecerá extraño, Mma Ramotswe, que alguien insista e insista en algo que sucedió hace más de diez años. Pero yo necesito saber. Quiero averiguar lo que le pasó a mi hijo. No espero dar con él, no. Acepto que está muerto, pero quisiera poder cerrar ese capítulo. Es todo lo que deseo. ¿Querrá usted ayudarme? ¿Intentará averiguarlo? Dice usted que perdió a su bebé, así que sabe lo que se siente, ¿verdad que sí? Es un sentimiento de tristeza que no desaparece nunca. Nunca.

Durante unos momentos, después de que la señora Curtin hubo terminado su historia, Mma Ramotswe permaneció en silencio. ¿Qué podía hacer por esta mujer? ¿Podría ella averiguar algo si la policía de Botswana y la embajada estadounidense no lo habían conseguido? Probablemente no había nada que hacer. Sin embargo, esta mujer necesitaba ayuda, y si no podía obtenerla de la 1ª Agencia de Mujeres Detectives, ¿dónde si no la iba a encontrar?

—La ayudaré —dijo, añadiendo—: hermana.

Capítulo 4

En el orfelinato

El señor J.L.B. Matekoni contempló la vista desde su oficina en Speedy Motors de Tlokweng Road. Había dos ventanas, una de las cuales daba al taller, donde sus dos jóvenes aprendices estaban accionando un gato hidráulico para elevar un coche. El señor J.L.B. Matekoni vio que lo hacían mal, pese a sus constantes advertencias de que así era peligroso. Uno de ellos había tenido ya un accidente con el aspa de un ventilador y le faltó poco para perder un dedo; pero ellos persistían en correr riesgos innecesarios. El problema, naturalmente, era que apenas tenían diecinueve años. A esta edad todos los jóvenes son inmortales y se imaginan que vivirán siempre. Ya se enterarán, pensó lúgubremente el señor J.L.B. Matekoni. Pronto descubrirán que son iguales que el resto de nosotros.

Giró en la silla y miró por la otra ventana. Por ese lado la vista era más agradable: al fondo del patio del taller se veía un grupito de acacias sobresaliendo de entre los matojos secos y, más allá, como islas en medio de un mar verdigris, las colinas de la parte de Odi. No era aún mediodía y el aire estaba en calma. Más tarde habría calina y parecería que las montañas bailaban y rielaban. A esa hora iría a su casa a almorzar, pues hacía demasiado calor para seguir trabajando. Se sentaría en la cocina, que era el sitio más fresco de la casa, se comería las gachas y el estofado que su asistenta le cocinaba y leería el *Botswana Daily News*. Después, una corta pero inevitable siesta antes de regresar al trabajo.

Los aprendices almorzaban en el taller, sentados en sendos bidones que habían colocado del revés bajo una de las acacias. Desde este punto de observación veían pasar a las chicas e intercambiaban la clase de bromitas que tanta gracia les hacían. El señor J.L.B. Matekoni los había oído conversar y tenía una pobre opinión de ello.

«¡Qué chica tan guapa! ¿Tienes coche? Yo te lo podría arreglar. ¡Haría que corriera mucho más!»

Esto provocaba risitas y hacía apretar el paso a las dos jóvenes mecanógrafas de la oficina de al lado.

«¡Estás muy flaca! ¡No comes suficiente carne! ¡Una chica como tú necesita comer más carne para poder tener muchos hijos!»

«¿De dónde has sacado esos zapatos? ¿Son Mercedes-Benz? ¡Zapatos veloces para chicas veloces!»

El señor J.L.B. Matekoni jamás se había comportado así cuando tenía la edad de los aprendices. Había hecho su aprendizaje en los talleres de la Compañía de Autobuses de Botswana, y allí nunca habrían tolerado esa clase de conducta. Pero así era como se conducían ahora los jóvenes y él nada podía hacer. Había hablado con ellos al respecto, haciéndoles ver que la reputación del taller dependía no sólo de él sino también de ellos. Los aprendices se lo habían quedado mirando perplejos, y el señor J.L.B. Matekoni comprendió que no sabían de qué les hablaba. No les habían enseñado qué era eso de la reputación, el concepto se les escapaba por entero. Darse cuenta lo había deprimido, hasta el punto de pensar en escribir una carta al ministro de Educación sugiriéndole la necesidad de que los jóvenes de Botswana fueran educados en estos principios básicos, pero la carta, una vez redactada, le había parecido tan petulante que optó por no echarla al buzón. Ahí estaba la dificultad. Hoy en día, si hacías algún comentario sobre la conducta, quedabas como anticuado y pomposo. Al parecer, el único modo de dar imagen de moderno era decir que la gente podía hacer lo que le viniera en gana, cuando le viniera en gana e independientemente de lo que otros pudieran opinar. Ésa era la manera moderna de pensar.

El señor J.L.B. Matekoni miró ahora su escritorio y la página abierta de su diario. Había anotado que hoy era día de ir al orfelinato; si salía en seguida podía llegar antes del almuerzo y volver a tiempo de echar un vistazo a lo que habían hecho los aprendices antes de que los propietarios de los coches vinieran a buscarlos a las cuatro. No eran reparaciones importantes; sólo necesitaban mantenimiento y eso era algo que los aprendices podían hacer correctamente. Sin embargo, tenía que vigilarlos; les gustaba toquetear los motores para que rindieran al máximo, y a veces tenía que afinarlos personalmente antes de que abadonaran el taller.

—Aquí no hacemos coches de carreras —les recordaba a veces—. La gente que conduce estos coches no son fanáticos de la velocidad como vosotros, son ciudadanos respetables.

—Entonces —le preguntó uno de los aprendices—, ¿cómo es que el taller se llama Speedy Motors?[*]

El señor J.L.B. Matekoni había mirado al joven. A veces le entraban ganas de gritarles y ésta podía ser una de esas veces, pero siempre acababa dominándose.

—Nos llamamos Speedy Motors —respondió, armándose de paciencia— porque trabajamos rápido. ¿Entiendes ahora la diferencia? No tenemos al cliente esperando días y días, como algunos talleres. Aquí despachamos el trabajo rápido y bien hecho, como os he repetido tantas veces.

—Pues hay gente a la que le gustan los coches rápidos —terció el otro aprendiz—. Hay gente a la que le gusta conducir deprisa.

—Es posible —replicó el señor J.L.B. Matekoni—, pero no todo el mundo es así. Hay gente que sabe que ir rápido no es siempre la mejor manera de llegar a un sitio. Es preferible perder un poco de tiempo que perder la vida por el camino, digo yo.

Los aprendices le habían mirado sin acabar de comprender. El señor J.L.B. Matekoni dejó escapar un suspiro; una vez más, era culpa del Ministerio de Educación y sus ideas modernas. Aquellos dos chicos jamás entenderían ni la mitad de lo que les decía. Y el día menos pensado iban a tener un accidente grave.

Como hacía siempre, al llegar a la verja del orfelinato tocó el claxon varias veces. Le gustaba ir allí de visita

---

[*] En inglés, «Motores (o Automóviles) Rápidos». *(N. del T.)*

por más de un motivo. Para empezar, le gustaba ver a los niños, y casi siempre llevaba consigo unas golosinas que repartía cuando lo rodeaban en tropel. Pero también le gustaba ver a Mma Silvia Potokwane, que era la supervisora del centro. Ella y la madre del señor J.L.B. Matekoni habían sido amigas durante muchos años, de ahí que se ocupara él de arreglar cualquier máquina que necesitara una reparación, así como del mantenimiento de las dos camionetas y del viejo minibús que les servía de transporte. Como era de esperar, no cobraba nada por ello. Todo el mundo colaboraba con el orfelinato en la medida de lo posible, y él no habría aceptado dinero ni aunque lo hubieran obligado.

Mma Potokwane estaba en su despacho cuando él llegó. Se asomó a la ventana y le indicó por señas que entrara.

—El té está listo, señor J.L.B. Matekoni —dijo—. Y si se da prisa, también habrá tarta de ciruelas.

Aparcó la furgoneta bajo las ramas de un baobab. Varios niños habían corrido ya a recibirlo y lo siguieron camino de las oficinas.

—¿Habéis sido buenos, niños? —les preguntó él, hurgando en sus bolsillos.

—Hemos sido muy buenos —dijo el mayor de ellos—. Hemos hecho cosas buenas toda la semana. Estamos agotados, de tantas cosas buenas como hemos hecho.

El señor J.L.B. Matekoni se sonrió.

—En ese caso, os merecéis unos caramelos.

Le pasó al mayor un puñado de dulces, y éste los recibió con ambas manos extendidas, según mandaba la buena educación en Botswana.

—No me los mime tanto —gritó Mma Potokwane desde la ventana—. Esos de ahí son muy malos.

Los niños rieron y se alejaron corriendo mientras el señor J.L.B. Matekoni franqueaba la puerta del despacho. Dentro encontró a Mma Potokwane, a su marido, que era policía jubilado, y a un par de monitoras. Cada cual tenía un tazón de té y un platito con un pedazo de tarta.

Mientras el señor J.L.B. Matekoni sorbía el té, Mma Potokwane le habló de los problemas que tenían con una de las bombas. Por lo visto, la bomba se recalentaba después de menos de media hora de uso y les preocupaba que pudiera estropearse del todo.

—El aceite —dijo el señor J.L.B. Matekoni—. Una bomba sin aceite se calienta. Debe de haber una fuga. Una junta rota o algo parecido.

—Y luego están los frenos del minibús —dijo el señor Potokwane—. Ahora hacen un ruido muy feo.

—Las pastillas de freno —dijo el señor J.L.B. Matekoni—. Ya es hora de cambiarlas. Cogen tanto polvo con este tiempo, que se gastan muy deprisa. Echaré una ojeada, pero seguramente tendrán que llevar el minibús al taller.

La conversación derivó hacia los últimos acontecimientos en el orfelinato. Uno de los huérfanos había conseguido empleo en Francistown y pronto se mudaría. Otro huérfano había recibido un par de zapatillas de atletismo de un donante sueco que de vez en cuando enviaba regalos. El chico era el mejor corredor del centro y ahora podría participar en competiciones. Se produjo un silencio y Mma Potokwane miró expectante al señor J.L.B. Matekoni.

—Me han comentado que tiene usted noticias —dijo al cabo de un rato—. Parece ser que se va usted a casar.

El señor J.L.B. Matekoni se miró los zapatos. Que él supiera, no se lo habían dicho a nadie, pero eso no bastaba en Botswana para que no corrieran los rumores. Debía de haber sido su asistenta, pensó. Se lo habría dicho a alguna otra asistenta, y ésta lo habría comunicado a sus patrones. Debía de saberlo ya todo el mundo.

—Me caso con Mma Ramotswe —empezó diciendo—. Es...

—La mujer detective, ¿verdad? —preguntó Mma Potokwane—. He oído hablar mucho de ella. Va a tener usted una vida muy movida, investigando por ahí, espiando a la gente...

El señor J.L.B. Matekoni contuvo el aliento.

—No pienso hacer tal cosa —dijo—. Yo no voy a ser detective. Eso es cosa de Mma Ramotswe.

Mma Potokwane pareció decepcionada, pero se animó otra vez en seguida.

—Imagino que le comprará un anillo de diamantes —dijo—. Ahora, toda mujer que esté prometida debe lucir uno para que se vea que lo está.

—¿Eso es necesario? —preguntó el señor J.L.B. Matekoni.

—Mucho —dijo Mma Potokwane—. Si mira cualquier revista, encontrará anuncios de anillos de diamantes. Allí dice que son para casos así.

El señor J.L.B. Matekoni guardó silencio unos momentos y luego preguntó:

—Los diamantes son bastante caros, ¿no?

—Muy caros —dijo una de las monitoras—. Mil pulas por uno muy pequeñito.

—Incluso más —dijo Mma Potokwane—. Los hay que cuestan doscientas mil pulas. Un solo diamante.

Esto pareció descorazonar al señor J.L.B. Matekoni. No era una persona mezquina, de hecho era tan generoso con los regalos como con su tiempo, pero estaba en contra de derrochar dinero y le parecía que gastar tanto en un diamante, aunque fuera para una ocasión especial, era un despilfarro.

—Tendré que hablarlo con Mma Ramotswe —dijo con firmeza, tratando de zanjar la espinosa cuestión—. Puede que a ella no le vayan los diamantes.

—Imposible —dijo Mma Potokwane—. A todas las mujeres les van los diamantes. Es una de las pocas cosas en que todas las señoras están de acuerdo.

El señor J.L.B. Matekoni se agachó para examinar la bomba. Después del té con Mma Potokwane, había tomado el sendero que iba hasta la caseta. Era uno de esos curiosos caminos que parecían dar un rodeo pero que, al final, llegaban a su destino. Éste en concreto describía una especie de lazo alrededor de unos campos de calabazas y luego bajaba hasta un *donga*, una zanja muy erosionada, para terminar frente al pequeño alpende que servía de protección a la bomba. La caseta propiamente dicha estaba a la sombra de unas acacias en forma de sombrilla que, cuando él llegó, proporcionaban un acogedor círculo de sombra espesa. Una choza con tejado de zinc como ésta podía ser asfixiante bajo los rayos directos del sol, lo cual no era bueno para la maquinaria que pudiera haber dentro.

Dejó su caja de herramientas en la entrada y abrió con cautela la puerta de la choza. Iba con mucho cuidado en sitios así porque podían ser nido de serpientes. Por alguna razón, a las serpientes parecían gustarles las máquinas, y más de una vez había descubierto una serpiente soñolienta enroscada en alguna pieza en la que él estaba trabajando. Por qué hacían eso era algo que se le escapaba; debía de tener que ver con el calor y el movimiento. ¿Soñaban las serpientes con algún sitio bueno para serpientes? ¿Pensaban que en alguna parte había un cielo para ellas, donde todo estuviera a ras de suelo y no hubiera nadie que pudiera pisarlas?

Se tomó unos segundos para acostumbrarse a la oscuridad del interior, pero al cabo de un rato vio que dentro no había nada extraño. La bomba se accionaba mediante un volante de grandes dimensiones propulsado por un anticuado motor diésel. El señor J.L.B. Matekoni suspiró. Éste era el problema. Los viejos motores diésel solían ser fiables, pero llegaba un momento en que sencillamente había que jubilarlos. Así se lo había insinuado a Mma Potokwane, pero ella siempre le salía con que necesitaba el dinero para otros proyectos más urgentes.

—Pero el agua es lo más importante de todo —le dijo el señor J.L.B. Matekoni—. Si no pueden regar la huerta, ¿de qué van a comer los niños?

—Dios proveerá —dijo Mma Potokwane—. Un día u otro nos enviará un motor nuevo.

—Quizá sí, o quizá no. A veces Dios no se interesa mucho por los motores. Yo arreglo los coches de varios reverendos, y todos tienen problemas. Los siervos de Dios no son muy buenos conductores, se lo aseguro.

Enfrentado ahora a la prueba fehaciente de que el diésel también muere, fue a por la caja de herramientas, extrajo una llave inglesa ajustable y empezó a retirar el blindaje del motor. Pronto estuvo totalmente absorto en su tarea, como un cirujano con su paciente anestesiado, hurgando en el duro corazón metálico de la máquina. Años atrás este motor, fabricado en algún lugar increíblemente remoto, había sido un motor fiel y con carácter. Hoy en día casi todos los motores eran japoneses, producidos por robots. Eran fiables, por supuesto, porque todas las piezas estaban muy bien hechas y respondían de maravilla, pero para alguien como el señor J.L.B. Matekoni estos motores eran tan blandos como una rebanada de pan. Eran sosos, no tenían fibra, no tenían idiosincrasia. Y como resultado de ello, arreglar un motor japonés no planteaba ningún reto.

A menudo pensaba que la próxima generación de mecánicos probablemente nunca habría reparado uno de estos motores viejos. Les habían enseñado a arreglar motores modernos utilizando un ordenador para averiguar el origen del problema. Cuando alguien entraba en el taller con un Mercedes-Benz nuevo, el señor J.L.B. Matekoni se desanimaba. Ya no podía reparar estos coches pues no contaba con ninguna de esas modernas máquinas de diagnóstico. Y, sin una máquina así, ¿cómo iba a saber si un minúsculo chip de silicona metido en una parte inaccesible del motor estaba mandando una señal equivocada? Sentía tentaciones de decirles a los conductores que se buscaran un ordenador para arreglar el coche, no un mecánico de carne y hueso, pero se abstenía de hacerlo, naturalmente, procurando esmerarse todo lo posible con el reluciente mundo de acero y aluminio que se agazapaba bajo los capós de aquellos coches. Pero no ponía en ello su corazón.

El señor J.L.B. Matekoni estaba examinando ahora los cilindros del motor de la bomba tras haber retirado la culata. Sí, era lo que él se imaginaba: ambos cilindros estaban obstruidos y muy pronto iban a necesitar un rectificado. Cuando hubo retirado los pistones, vio que los aros estaban picados y gastados como si tuvieran artritis. Esto afectaba drásticamente a la eficiencia del motor, con el consiguiente desperdicio de combustible y menos agua para la huerta del orfelinato. Tendría que hacer algo. Cambiaría algunas juntas del motor para remediar la pérdida de aceite y quedaría para que se lo llevaran al taller dentro de un tiempo y así proceder a un rectificado. Pero llegaría un momento en que eso no serviría de nada, y entonces no tendrían más remedio que comprar un motor nuevo.

Oyó un ruido a su espalda y se sobresaltó. La caseta de la bomba era un lugar silencioso y lo único que había oído hasta entonces eran los cantos de unos pájaros en las acacias. Esto era un ruido humano. Volvió la cabeza, pero allí no había nada. Entonces lo oyó otra vez, procedía de la sabana, un chirrido como de una rueda sin engrasar. Quizá alguno de los huérfanos estaba empujando una carretilla o jugando con uno de esos coches de juguete que a los niños les gustaba fabricar con alambre y hojalata.

Se limpió las manos en un trapo y volvió a meterse el trapo en el bolsillo. El ruido parecía sonar más cerca ahora, y entonces la vio, saliendo del matorral que oscurecía las curvas del sendero: una silla de ruedas, y propulsándose en ella una niña. Cuando la niña miró al frente y vio al señor J.L.B. Matekoni, se detuvo en seco, agarrada a la llanta de las ruedas. Se quedaron mirando el uno al otro, y entonces ella sonrió y avanzó para cubrir el trecho que le quedaba.

Saludó cortésmente al señor J.L.B. Matekoni, como haría un niño bien educado.

—Espero que esté usted bien, Rra —dijo, tendiéndole la mano derecha mientras cruzaba la izquierda sobre el antebrazo en un gesto de respeto.

Se diero la mano.

—Espero que mis manos no estén muy grasientas —dijo él—. Estaba trabajando en la bomba.

—Le traigo un poco de agua, Rra —dijo la niña—. Mma Potokwane dice que ha venido aquí sin nada de beber y que quizá estaría sediento.

Metió la mano en una bolsa que llevaba bajo el asiento de la silla y sacó una botella.

El señor J.L.B. Matekoni aceptó agradecido el agua. Hacía un momento había empezado a sentir sed y lamentado no haber traído agua al venir. Tomó un trago de la botella y observó a la niña mientras bebía. Debía de tener once o doce años, pensó, y su cara era agradable y franca. Lucía unas cuentas entre los nudos de su pelo trenzado. Llevaba un vestido azul que casi era blanco de tantos lavados, y en los pies unas deportivas muy gastadas.

—¿Vives aquí? —le preguntó.

Ella asintió con la cabeza.

—Hace casi un año que estoy en el orfelinato —respondió—. Mi hermano pequeño también. Tiene cinco años.

—¿Y de dónde sois?

—De cerca de Francistown —dijo la niña, y bajó la vista—. Mi madre falleció hace cinco años, cuando yo tenía siete. Vivimos un tiempo con una mujer, en su patio, pero luego nos dijo que teníamos que marcharnos.

El señor J.L.B. Matekoni no dijo nada. Mma Potokwane le había contado historias de algunos huérfanos, y cada vez notaba que se le encogía el corazón. En la sociedad tradicional nunca se daba el caso de un niño no deseado: siempre había alguien para cuidar de los demás. Pero las cosas cambiaban y ahora, especialmente, con la terrible enfermedad que estaba asolando África, había cada vez más niños sin padres y el orfelinato era para muchos el único sitio adonde ir. ¿Sería el caso de esta niña? ¿Y por qué iba en silla de ruedas?

Dejó de especular; eran cosas acerca de las cuales poco podía hacer uno. Había preguntas más inmediatas que responder, como por ejemplo por qué la silla de ruedas hacía un ruido tan raro.

—Tu silla rechina —dijo—. ¿Lo hace siempre?

Ella negó con la cabeza.

—Empezó hace unas semanas. Algo raro le pasa.

El señor J.L.B. Matekoni se agachó para examinar las ruedas. Nunca había arreglado una silla de éstas, pero en seguida vio cuál era el problema. Los cojinetes estaban resecos y llenos de polvo —un poco de aceite haría maravillas— y el freno quedaba trabado. Eso explicaba el ruido.

—Te voy a levantar —dijo—. Puedes quedarte debajo de ese árbol mientras yo arreglo la silla.

La tomó en brazos y la depositó suavemente en el suelo. Luego puso la silla boca abajo, soltó la zapata del freno y ajustó la palanca que la accionaba. Aplicó aceite a los cojinetes y giró las ruedas para ver cómo iban. Ya no se atascaban ni hacían ruido. Puso la silla derecha y la empujó hasta donde estaba la niña.

—Ha sido muy amable, Rra —dijo ella—. Tengo que volver, o la monitora creerá que me he perdido.

Se alejó por el sendero, dejando al señor J.L.B. Matekoni ocupado con la bomba. Al cabo de una hora, la bomba estaba lista. Se alegró de que el motor arrancara a la primera y que todo funcionara razonablemente bien. De todos modos, la reparación no duraría mucho; sabía que pronto tendría que volver a venir y desmontar la bomba otra vez. Y entonces ¿cómo regarían la huerta? Era lo malo de vivir en un país tan seco. Todo, desde la vida humana hasta las calabazas, dependía de un pequeñísimo margen.

Capítulo 5

Dígaselo con diamantes

Mma Potokwane tenía toda la razón: tal como había pronosticado, a Mma Ramotswe le iban los diamantes.

El tema salió a colación unos días después de que el señor J.L.B. Matekoni reparara la bomba del orfelinato.

—Creo que la gente ya sabe lo de nuestro compromiso —dijo Mma Ramotswe mientras tomaban un té en el despacho de Speedy Motors—. Mi asistenta dice que ha oído hablar de ello en la ciudad. Que todo el mundo lo sabe.

—Es lo que suele pasar —dijo el señor J.L.B. Matekoni con un suspiro de impotencia—. Siempre te enteras de los secretos de los demás.

Mma Ramotswe asintió. Era verdad, no había secretos en Gaborone. Todo el mundo estaba al corriente de todo.

—Por ejemplo —dijo él, abundando en la cuestión—, cuando Mma Sonqkwena estropeó la caja de cambios del coche nuevo de su hijo intentando poner la marcha atrás a cincuenta por hora, todo el mundo se enteró. Yo no se lo dije a nadie, pero de alguna manera corrió la voz.

Mma Ramotswe rió con ganas. Conocía bien a Mma Sonqkwena, probablemente la conductora de más edad en todo Gaborone. Su hijo, que tenía un rentable comercio en el centro comercial Broadhurst, había intentado convencerla para que contratara a un chófer o que renunciara a conducir, pero se había visto derrotado por el indómito sentido de la independencia de su madre.

—Mma Sonqkwane se dirigía a Molepolole —continuó el señor J.L.B. Matekoni— y de repente recordó que no había dado de comer a las gallinas. Como quien no quiere la cosa, decidió que lo mejor era desandar el camino haciendo marcha atrás. Imagínese lo que debió de sufrir la caja de cambios. Y de la noche a la mañana el suceso estaba en boca de todos. La gente supuso que yo se lo había contado a alguien, pero no fue así. Un mecánico ha de ser como un sacerdote: no debe hablar de las cosas que ve.

Mma Ramotswe estuvo de acuerdo. Ella valoraba mucho la confidencialidad y admiraba al señor J.L.B. Matekoni por comprender este punto. Ya había demasiada gente que se iba de la lengua. Pero todo esto eran observaciones de índole general y tenían cosas más urgentes de que hablar, de modo que volvió al asunto que había dado pie al debate.

—El caso es que la gente habla de nuestro compromiso —dijo—. Hasta me han llegado a pedir que les enseñe el anillo que usted me había comprado. —Miró al señor J.L.B. Matekoni antes de proseguir—: Yo les he dicho que todavía no me había comprado ninguno pero que estoy segura de que lo hará pronto.

Contuvo el aliento. El señor J.L.B. Matekoni, como solía hacer cuando se sentía inseguro, estaba mirando al suelo.

—¿Un anillo? —dijo él por fin, con la voz tensa—. ¿Y qué clase de anillo?

Evanston Public Library

Customer ID: **********

Title: Las l├ígrimas de la jirafa
ID: 31192014364366
Due: 7/22/2014,23:59

Total items: 1
6/24/2014 2:12 PM
Checked out: 1

Thank you for using the
Evanston Public Library.
Access account info online
at www.epl.org

Mma Ramotswe lo observó con atención. Tenías que ser circunspecto cuando hablabas de estas cosas con los hombres. Ellos, por supuesto, entendían muy poco del particular, pero había que andar con tiento para no alarmarlos. Decidió ir al grano, porque el señor J.L.B. Matekoni habría detectado cualquier subterfugio y eso habría sido peor.

—Uno de diamantes —dijo—. Es lo que llevan las mujeres hoy en día, cuando se prometen. Es lo moderno.

El señor J.L.B. Matekoni no despegaba la vista del suelo.

—¿De diamantes? —dijo, con un hilo de voz—. ¿Está segura de que esto es lo más moderno?

—Sí —respondió Mma Ramotswe—. En los círculos modernos, a las mujeres que se prometen les regalan un anillo de diamantes. En muestra de aprecio verdadero.

El señor J.L.B. Matekoni levantó bruscamente la cabeza. Si eso era verdad —ciertamente, concordaba con lo que le había dicho Mma Potokwane—, entonces no tendría más remedio que comprar un anillo de diamantes. No quería que Mma Ramotswe pensara que no la apreciaba. La apreciaba muchísimo; le estaba inmensa y humildemente agradecido por acceder a casarse con él, y si para que el mundo entero lo supiese era necesario un anillo de diamantes, no le parecía un precio muy alto que pagar. La palabra «precio», al pasar por su cabeza, le recordó de repente las desorbitadas cifras que había escuchado tomando té en el orfelinato.

—Los diamantes son muy caros —dijo tímidamente—. Espero tener dinero suficiente…

—Claro que lo tendrá —dijo Mma Ramotswe—. Los hay bastante baratos. Y también puede pagar a plazos…

El señor J.L.B. Matekoni saltó en seguida.

—Tenía entendido que podían llegar a costar hasta cincuenta mil pulas —dijo.

—No, qué va —dijo ella—. Hay diamantes caros, por supuesto, pero también los hay muy buenos que no cuestan tanto. Podemos ir a mirar y así nos hacemos una idea. En Judgement-Day Jewellers, por ejemplo, tienen mucho donde elegir.

Dicho y hecho. Al día siguiente, en cuanto Mma Ramotswe hubiera terminado de mirar la correspondencia en la agencia de detectives, irían a la joyería y elegirían un anillo. El señor J.L.B. Matekoni, muy aliviado ante la perspectiva de encontrar un anillo a la medida de sus recursos, se sorprendió esperando ese momento con ilusión. Ahora que lo pensaba, esto de los diamantes tenía su gracia, un cierto atractivo que hasta un hombre podía llegar a comprender; eso sí, esforzándose un poco. Lo más importante para él era que este regalo, posiblemente el más caro que iba a hacer en toda su vida, provenía de la tierra misma de Botswana. El señor J.L.B. Matekoni era un patriota; amaba su país, y sabía que Mma Ramotswe también. Pensar que el diamante que finalmente eligiera podía muy bien haber salido de una de las tres minas de diamantes que había en Botswana añadía importancia al obsequio. Le estaría dando a la mujer que más amaba, a la que admiraba por encima de cualquier otra, una pequeña muestra de la tierra por la que caminaban. Una partícula muy especial, desde luego: un fragmento de roca que había ardido hasta el punto ideal de brillo, muchos años atrás. Después, alguien lo había excavado de la tierra allá en Orapa y había procedido a pulirlo, y luego, aquí en Gaborone, lo habían montado en oro. Y todo esto para que Mma Ramotswe pudiera lucirlo en el segundo dedo de su mano izquierda y proclamar al mundo que él, el señor J.L.B. Matekoni, propietario de Speedy Motors en Tlokweng Road, iba a ser su marido.

El local de Judgment-Day Jewellers estaba metido al final de una calle polvorienta, al lado de Salvation Bookshop, una librería donde vendían biblias y otros textos religiosos, y de Mothobani Bookkeeping Services («*Adiós al recaudador de impuestos*», rezaba el rótulo). Era una tienda poco atractiva, con un soportal en pendiente sobre unos pilares de ladrillo blanqueado. El cartel, obra de un rotulista aficionado y de escaso talento, mostraba el busto de una mujer despampanante con un collar muy recargado y unos enormes pendientes. La mujer esbozaba una sonrisa a pesar de la obvia incomodidad del collar y del peso de los pendientes.

El señor J.L.B. Matekoni y Mma Ramotswe aparcaron en la otra acera, bajo la sombra de una acacia. Era más tarde de lo que habían previsto y el calor empezaba a apretar. Hacia el mediodía, cualquier vehículo que hubiera quedado al sol estaría al rojo, los asientos demasiado calientes para la carne al aire, y el volante una rueda de fuego. La sombra evitaba todo esto, y al pie de cada árbol había nidos de coches con el morro pegado al tronco, como lechones a una cerda, para aprovechar toda la protección que la incompleta panoplia de follaje verdigris proporcionaba.

La puerta estaba cerrada pero se abrió haciendo «clic» cuando el señor J.L.B. Matekoni llamó al timbre eléctrico. Dentro, detrás del mostrador, había un hombre delgado vestido de caqui. Tenía la cabeza estrecha, y tanto sus ojos ligeramente rasgados como el tono dorado de su piel hacían pensar en sangre san, la de los pobladores del Kalahari. Pero, si así era, ¿qué hacía él trabajando en una joyería? Por supuesto, no había el menor motivo para que no pudiera hacerlo, pero no acababa de cuadrar. Las joyerías solían ser cosa de indios o de keniatas; a los basarwa les gustaba más tratar con ganado: eran muy hábiles con las vacas y los avestruces.

El joyero les sonrió.

—Los he visto ahí fuera —dijo—. Han aparcado debajo de ese árbol.

El señor J.L.B. Matekoni supo que estaba en lo cierto. Aquel hombre hablaba correctamente setswana, pero su acento confirmaba los signos visibles. Por entre las vocales había chasquidos y silbidos pugnando por salir. La lengua de los san era bastante peculiar, más parecida al sonido de las aves que al habla de los humanos.

Se presentó, como dictaba la buena educación, y luego se volvió hacia Mma Ramotswe.

—Esta dama y yo acabamos de prometernos —dijo—. Quisiera comprarle un anillo a Mma Ramotswe… —Hizo una pausa—. Un anillo de diamantes.

El joyero le miró con sus ojos de párpados caídos y luego desvió la vista hacia ella. Mma Ramotswe pensó: Esa mirada denota inteligencia. Es un hombre listo del que no te puedes fiar.

—Es usted un hombre afortunado —dijo el joyero—. No todos pueden casarse con una mujer gorda y alegre.

Hoy en día abundan las flacas y autoritarias. Ésta seguro que le hará muy feliz.

El señor J.L.B. Matekoni se hizo eco del cumplido.

—Sí —dijo—. Soy un hombre de suerte.

—Y ahora tiene que comprarle un anillo bien grande —prosiguió el joyero—. Una mujer gorda no puede llevar un anillo chiquito.

El señor J.L.B. Matekoni se miró los zapatos.

—Yo pensaba en uno de tamaño mediano —dijo—. No me sobra el dinero.

—Yo a usted le conozco —dijo el joyero—. Es el propietario de Speedy Motors. Creo que puede permitirse un buen anillo.

Mma Ramotswe decidió intervenir.

—No quiero un anillo grande —dijo con firmeza—. Los anillos grandes no son de mi estilo. Yo pensaba en uno pequeño.

El joyero la miró con malos ojos. Parecía casi molesto por su presencia, como si esto fuera una transacción entre hombres (un asunto de ganado, por ejemplo) y ella estuviese interfiriendo.

—Les enseñaré unos anillos —dijo, agachándose para abrir uno de los cajones del mostrador—. Aquí tengo algunos muy bonitos, de diamantes.

Puso el cajón encima del mostrador y señaló una fila de anillos que descansaban en sendas muecas de terciopelo. El señor J.L.B. Matekoni se quedó sin aliento. Los diamantes estaban engastados en racimo: una piedra grande en medio, rodeada de otras más pequeñas. Algunos anillos llevaban esmeraldas o rubíes, y debajo de cada uno había una etiqueta menuda con el precio.

—No haga caso de lo que pone en la etiqueta —dijo el joyero, y añadió bajando la voz—: Puedo ofrecer grandes descuentos.

Mma Ramotswe echó un vistazo a la bandeja y meneó la cabeza.

—Son demasiado grandes —dijo—. Ya le he dicho que yo quería uno más pequeño. Me parece que tendremos que ir a otra tienda.

El joyero suspiró.

—Hay más —dijo—. También tengo anillos pequeños.

Devolvió la bandeja a su lugar y sacó otra. Los anillos de ésta eran considerablemente más pequeños. Mma Ramotswe señaló uno que había en el centro.

—Me gusta ése —dijo—. Déjenos verlo.

—No es muy grande —dijo el joyero—. Un diamante así puede pasar perfectamente desapercibido. La gente ni se va a enterar de que lo lleva.

—No me importa —dijo Mma Ramotswe—. El diamante lo quiero para mí, no tiene nada que ver con lo que pueda pensar la gente.

El señor J.L.B. Matekoni se sintió orgulloso de oírla hablar así. Ésta era la mujer que él admiraba, la mujer que creía en los viejos valores de Botswana y que no estaba para extravagancias.

—A mí también me gusta ese anillo —dijo—. Deje que Mma Ramotswe se lo pruebe.

El joyero le pasó el anillo y Mma Ramotswe se lo puso en el dedo y mostró la mano para que el señor J.L.B. Matekoni lo examinara.

—Le queda perfecto —dijo él.

—Si éste es el que le gustaría comprarme —dijo ella, sonriendo—, a mí me hará muy feliz.

El joyero le pasó la etiqueta del precio al señor J.L.B. Matekoni.

—En este anillo no puedo hacer más descuento —dijo—. Ya es muy barato.

Al señor J.L.B. Matekoni le sorprendió agradablemente la cifra. Acababa de cambiar el líquido refrigerante a la furgoneta de un cliente y vio que el precio era el mismo, ni más ni menos. No era un anillo caro. Sacó del bolsillo el fajo de billetes que había retirado del banco por la mañana y pagó al joyero.

—Quería preguntarle una cosa —dijo el señor J.L.B. Matekoni—. ¿Este diamante es de Botswana?

El joyero lo miró intrigado.

—¿Por qué le interesa saberlo? —dijo—. Un diamante es un diamante, venga de donde venga.

—Ya lo sé, pero me gustaría pensar que mi esposa lucirá una piedra autóctona.

El joyero no pudo evitar sonreír.

—En ese caso, sí, es de Botswana. Todas estas piedras proceden de nuestras minas.

—Gracias. Me alegro mucho —dijo el señor J.L.B. Matekoni.

De regreso de la joyería, pasaron en coche frente a la catedral anglicana y el Hospital Princess Marina. Mma Ramotswe dijo:

—Creo que deberíamos celebrar la boda en la catedral. Quizá podría casarnos el propio obispo.

—Eso estaría muy bien —dijo él—. Es una buena persona, el obispo.

—Entonces una buena persona oficiará la boda de una buena persona —dijo Mma Ramotswe—. Usted es un hombre bueno, señor J.L.B. Matekoni.

El señor J.L.B. Matekoni no dijo nada. No era fácil contestar a un cumplido, más aún si uno creía que no era merecido. Él no se consideraba un hombre particularmente bueno. Tenía muchos defectos, le parecía, y si alguien era bueno aquí, ésa era Mma Ramotswe. Ella estaba muy por encima de él. Él era un simple mecánico que se esmeraba en su trabajo; ella era mucho más que eso.

Torcieron por Zebra Drive y se metieron en el corto camino particular que había frente a la casa de Mma Ramotswe, dejando el vehículo al lado de la galería, bajo el improvisado cobertizo. Rose, la asistenta de Mma Ramotswe, se asomó a la ventana de la cocina y saludó con el brazo. Había hecho la colada y la ropa estaba tendida en la cuerda, su blancura en contraste con la tierra pardorrojiza y el cielo azul.

El señor J.L.B. Matekoni tomó la mano de Mma Ramotswe y tocó brevemente el reluciente anillo. Luego la miró, y vio que ella tenía lágrimas en los ojos.

—Lo siento —dijo ella—. No debería llorar, pero no puedo evitarlo.

—¿Por qué está triste? No debe estar triste.

Ella se enjugó una lágrima y negó con la cabeza.

—No, si no estoy triste —dijo—. Es que nunca me habían regalado una cosa tan bonita como este anillo. Cuando me casé, Note no me dio nada. Yo creí que me regalaría un anillo, pero no fue así. Ahora tengo un anillo.

—Intentaré compensarla por lo de Note —dijo el señor J.L.B. Matekoni—. Intentaré ser un buen marido.

—Lo será —dijo ella—. Y yo intentaré ser una buena esposa.

Se quedaron sentados un rato en silencio, cada cual con los pensamientos que el momento exigía. Luego, el señor J.L.B. Matekoni se apeó, rodeó el coche por delante y fue a abrirle la puerta. Irían dentro a tomar té rooibos y ella le enseñaría el anillo a Rose, ese diamante que la había hecho tan feliz y a la vez tan triste.

Capítulo 6

Un lugar seco

Sentada en su oficina de la 1ª Agencia de Mujeres Detectives, Mma Ramotswe meditaba sobre lo fácil que era verse comprometida a obrar de una determinada manera sólo porque a uno le faltaba valor para decir no. Ella no deseaba realmente emprender una investigación sobre lo que hubiera podido sucederle al hijo de la señora Curtin; Clovis Andersen, el autor de aquella biblia del oficio, *Principios básicos para detectives privados*, lo habría calificado de «rancio». «Una investigación rancia —escribía— no es gratificante para ninguno de los implicados. El cliente abriga falsas esperanzas porque un detective trabaja en el caso, y éste se siente como obligado a aportar alguna respuesta para colmar las expectativas del cliente. Así pues, el agente acaba invirtiendo más tiempo en el caso del que justifican las circunstancias. Al final de la jornada, uno tiene las manos vacías y empieza a preguntarse si no sería mejor no revolver el pasado. *Dejemos el pasado en paz* es, muchas veces, el mejor consejo que se puede dar.»

Mma Ramotswe había leído varias veces este pasaje y estaba de acuerdo con los sentimientos que expresaba. Ella también creía que había un excesivo interés por el pasado. La gente siempre estaba hurgando en hechos que habían ocurrido mucho tiempo atrás. ¿Qué sentido tenía hacerlo si la consecuencia no era otra que envenenar el presente? Hubo muchas injusticias en el pasado, sí, pero ¿ayudaba algo desenterrarlas y airearlas de nuevo? Pensaba en el pueblo shona, que siempre estaba recordando lo que los ndebele les hicieron cuando mandaban Mzilikazi y Lobengula. Es cierto que hicieron cosas horribles —a fin de cuentas, eran zulúes y siempre habían oprimido a sus vecinos—, pero eso no justificaba seguir hablando de ello constantemente; mejor olvidarlo de una vez y para siempre.

Pensó en Seretse Khama, jefe supremo de los bangwato, primer presidente de Botswana y hombre de estado. Fijémonos en cómo lo habían tratado los británicos, negándose a reconocer su elección de cónyuge y obligándolo a exiliarse sólo porque se había casado con una inglesa. ¿Cómo pudieron hacer una cosa tan cruel a un hombre así? Mandar a alguien lejos de su país, de su pueblo, era sin duda uno de los más crueles castigos que podían imponerse. Y el pueblo, entonces, se quedó sin líder; fue un golpe durísimo. ¿Dónde está nuestro Khama?, se preguntaba el pueblo. ¿Dónde está el hijo de Kgosi Sekgoma II y la mohumagadi Tebogo? Pero, después, el propio Seretse no le dio mayor importancia. No hablaba nunca de ello y siempre fue cortés con los mandatarios británicos y con la propia reina. Un hombre de menos categoría habría dicho: ¡Esperáis que sea vuestro amigo, después de lo que me hicisteis!

Luego estaba el señor Mandela. Todo el mundo le conocía, y todos sabían que perdonó a los que lo habían encarcelado. Le arrebataron años y años de vida sólo porque reclamaba justicia. Lo habían obligado a trabajar en una cantera y sus ojos quedaron dañados para siempre debido al polvo de la roca. Pero, al final, cuando salió de la prisión aquel espléndido y luminoso día, en ningún momento habló de venganza ni de desquite. Mandela dijo que había cosas más importantes, más inmediatas, que lamentarse del pasado, y con el tiempo demostró que hablaba en serio mediante centenares de actos de bondad hacia quienes tan mal lo habían tratado. Ése era el verdadero estilo africano, la tradición que más se acercaba al corazón africano. Todos somos hijos de África y ninguno de nosotros es mejor o más importante que los demás. Esto es lo que África podía decir al mundo: podía recordarle lo que significa ser humanos.

Mma Ramotswe valoraba todo esto y comprendía la grandeza mostrada por Khama y Mandela al olvidar el pasado. Y sin embargo, lo de la señora Curtin era diferente. No le parecía que esta mujer americana tratara de encontrar a alguien a quien echarle las culpas por haber perdido a su hijo, aunque sabía que muchas personas, en circunstancias similares, se obsesionaban con encontrar un chivo expiatorio. Y luego, por supuesto, estaba todo el asunto del castigo. Mma Ramotswe suspiró. Ella suponía que a veces era necesario el castigo para dejar claro que lo que alguien había hecho estaba mal, pero nunca había acabado de entender por qué había que castigar a aquellos que se arrepentían de sus fechorías. De niña, en Mochudi, había visto apalear a un muchacho por perder una cabra. El chico había confesado que se echó a dormir al pie de un árbol cuando debería haber estado vigilando el rebaño, añadiendo que sentía muchísimo haber permitido que la cabra se alejara. ¿Qué sentido tenía, se preguntó ella, que su tío le pegara con una vara de mopani hasta que el chico pidió clemencia a gritos? Semejante castigo no conducía a nada, sólo iba en descrédito de la persona que lo aplicaba.

Pero éstos eran temas generales, y el problema más inmediato era por dónde empezar la búsqueda de aquel pobre chico americano. Se imaginó a Clovis Andersen meneando la cabeza y diciendo: «Bien, Mma Ramotswe, se ha metido usted en un caso rancio a pesar de mis advertencias al respecto. Pero, puesto que está en ello, mi consejo habitual en estos casos es volver al principio. Empiece por ahí». El principio, supuso ella, era la granja donde Burkhardt y sus amigos habían montado el proyecto. No sería difícil encontrar el sitio, si bien dudaba de que eso fuera a servir de algo. Pero, al menos, le proporcionaría una impresión del problema, lo cual, como ella sabía, era el «principio». Los lugares tenían ecos, y si eras sensible podías captar alguna resonancia del pasado, alguna sensación de lo que allí había ocurrido.

Al menos sabía cómo encontrar el pueblo. Su secretaria, Mma Makutsi, tenía un primo que era del pueblo más próximo a la granja y le había explicado qué carretera debía tomar. Estaba hacia el oeste, no muy lejos de Molepolole. Era una región seca, lindante con el Kalahari y cubierta de matorral y acacias. Estaba muy poco poblada, pero en las zonas donde había más agua, la gente había creado pequeñas aldeas alrededor de los campos de sorgo y los melonares. No había mucho que hacer allí; la gente se mudaba a Lobatse o Gaborone en busca de empleo, si estaba en situación de hacerlo. Gaborone estaba lleno de personas que procedían de sitios así. Iban a la ciudad pero mantenían los vínculos con sus tierras y sus dehesas. Ellos lo consideraban su hogar, por mucho tiempo que estuvieran alejados de allí. Y era bajo estos cielos, inmensos como océanos sin límite, donde querían morir y ser enterrados.

Partió en su mini furgoneta blanca un sábado por la mañana temprano, como gustaba de hacer siempre que iba de viaje. A esta hora pudo ver ya un río humano dirigiéndose hacia la ciudad para hacer compras. Era fin de mes, la gente había cobrado su paga y las tiendas estarían abarrotadas de clientes comprando grandes tarros de sirope y alubias, o dándose el lujo de un vestido o unos zapatos largamente codiciados. A Mma Ramotswe le gustaba ir de compras, pero nunca lo hacía en esa época del mes. Estaba convencida de que los comerciantes subían los precios, que luego volvían a bajar mediado el mes, cuando a nadie le quedaba ya dinero.

La mayoría del tráfico rodado consistía en autobuses y furgonetas que iban a la ciudad. Pero había algunos vehículos en la dirección contraria: trabajadores de Gaborone que iban a pasar el fin de semana en sus pueblos de origen; hombres que volvían a ver a sus familias; mujeres que trabajaban en el servicio doméstico e iban a pasar sus preciosos días de asueto con sus padres y abuelos. Mma Ramotswe aflojó la marcha; había una mujer en el arcén, haciendo autostop. Era de la edad de Mma Ramotswe y se la veía elegante, con una falda negra y un jersey rojo subido. Mma Ramotswe dudó un poco y luego frenó. No podía dejarla allí de pie; en alguna parte habría una familia esperando a aquella mujer, confiando en que algún automovilista se aviniera a llevarla a casa.

Sacó la cabeza por la ventanilla de su lado y gritó:

—¿Hacia dónde se dirige, Mma?

—Hacia allá —dijo la mujer, señalando carretera abajo—. Pasado Molepolole. Voy a Silokwolela.

Mma Ramotswe sonrió.

—Yo también voy allí —dijo—. Puedo acompañarla todo el trecho.

La mujer lanzó un gritito de júbilo.

—Es usted muy amable… y yo una persona con suerte.

Cogió la bolsa de plástico donde llevaba sus cosas, se acercó a la furgoneta y abrió la portezuela del acompañante, tomando asiento al tiempo que dejaba la bolsa a sus pies. Mma Ramotswe se incorporó de nuevo a la calzada. No pudo evitar —era su costumbre— mirar de reojo a su compañera de viaje para hacer una primera valoración. Iba bastante bien vestida; el jersey era nuevo y de auténtica lana, no de esas fibras artificiales baratas que ahora se vendían tanto. Debe de trabajar en una tienda, pensó. Ha hecho la primaria y puede que haya estudiado un par de años más. No tiene marido y sus hijos viven con la abuela en Silokwolela. Mma Ramotswe se había fijado en la Biblia que asomaba de la bolsa de plástico y esto le había dado mucha información. Esta mujer era miembro de una iglesia y tal vez iba a clases de Biblia. Esta noche, probablemente les leería algún fragmento a sus hijos.

—¿Sus hijos viven allí, Mma? —preguntó educadamente Mma Ramotswe.

—Sí —fue la respuesta—. En casa de su abuela. Yo trabajo en una tienda de Gaborone, New Deal Furnishers. ¿La conoce, quizá?

Mma Ramotswe asintió, tanto por la confirmación a su primera impresión como a la respuesta.

—Estoy sola —prosiguió la mujer—. Mi marido se marchó a Francistown y murió de eructos.

Mma Ramotswe dio un respingo.

—¡Cielo santo! ¿Se puede morir uno de eructar?

—Sí. Mi marido estaba eructando mucho allá en Francistown y lo llevaron al hospital. Pasó por el quirófano y encontraron que tenía dentro una cosa muy mala. Esta cosa le hacía eructar. Después se murió.

Mma Ramotswe habló pasado un momento.

—Lo siento mucho.

—Gracias. Fue muy triste, porque él era un hombre muy bueno y había sido un buen padre para mis hijos. Pero mi madre todavía tenía salud y dijo que cuidaría de ellos. Conseguí trabajo en Gaborone, porque tengo aprobado el segundo curso. En la tienda de muebles están muy contentos conmigo. Ahora soy una de las principales dependientas, y hasta me han apuntado para un cursillo de ventas en Mafikeng.

Mma Ramotswe sonrió.

—Veo que le ha ido muy bien. No es fácil, para una mujer. Los hombres esperan que nos ocupemos de todo y luego se quedan con los mejores puestos de trabajo. No es fácil ser mujer y prosperar.

—Pues yo diría que a usted le van bien las cosas —dijo la mujer—. Se nota que es una mujer de negocios. Seguro que tiene éxito.

Mma Ramotswe reflexionó. Ella se enrogullecía de saber calar a las personas, pero se preguntó si ésa no sería una cualidad propia de muchas mujeres, por aquello de la intuición femenina.

—A ver si adivina a qué me dedico —dijo.

La mujer volvió la cabeza y la miró de arriba abajo.

—Es detective —dijo—. Es una persona que investiga los asuntos del prójimo.

La mini furgoneta blanca dio un pequeño bandazo. Mma Ramotswe no podía creer que la mujer lo hubiera adivinado. Ha de tener una intuición mejor aún que la mía, se dijo.

—¿Cómo lo ha sabido? —preguntó—. ¿Qué he hecho yo, que la ha impulsado a decir eso?

La otra mujer desvió la mirada.

—Muy sencillo —dijo—. La he visto a usted delante de la agencia tomando té con su secretaria, esa señora con las gafas tan grandes. Estaban sentadas las dos a la sombra, y yo pasaba por delante. Por eso lo he sabido.

Siguieron viaje en agradable camaradería, hablando de sus quehaceres diarios. Ella se llamaba Mma Tsbago y le contó cosas sobre su trabajo en la tienda. El jefe, dijo, era un hombre afable que no oprimía a su personal y que siempre era honrado con los clientes. A ella le habían ofrecido trabajo en otra casa, con un sueldo superior, pero había dicho que no. El jefe se había enterado y, en premio a su lealtad, le había concedido un ascenso.

Luego estaban los hijos. Tenía una niña de diez y un niño de ocho. Sacaban buenas notas en el colegio y ella confiaba en poder llevarlos a Gaborone para que hicieran la secundaria. Había oído decir que el colegio público de Gaborone era muy bueno, y con un poco de suerte quizá podría matricularlos allí. También había oído hablar de becas para entrar en escuelas aún mejores, y quizá haría un intento de conseguir alguna.

Mma Ramotswe le contó que estaba prometida y señaló el anillo de diamantes que llevaba en un dedo. Mma Tsbago lo admiró y a continuación preguntó por el novio. Casarse con un mecánico, dijo, era buena cosa, porque se decía que no había mejores maridos que ellos. Lo mejor era casarse con un policía, un mecánico o un reverendo, dijo, y lo peor con un político, un barman o un taxista. Estos últimos siempre eran fuente de muchos problemas para sus esposas.

—Y no digamos los trompetistas —añadió Mma Ramotswe—. Yo cometí ese error. Me casé con un hombre malo, Note Mokoti. Tocaba la trompeta.

—Estoy segura de que no son buenos maridos —dijo Mma Tsbago—. Los añadiré a la lista.

La última parte del trayecto fue la más lenta. Era una carretera sin asfaltar y estaba salpicada de grandes y temibles baches, y en algunos puntos tuvieron que pasar por el margen arenoso para evitar un hoyo especialmente grande. Esto era muy peligroso, pues si no iban con cuidado la mini furgoneta blanca podía quedar atascada en la arena, y quizá tardarían horas en ir a rescatarlas. Pero finalmente llegaron al pueblo de Mma Tsbago, que era el más cercano a la granja que Mma Ramotswe estaba buscando.

Había preguntado a Mma Tsbago por la colonia, y ésta le había dado cierta información. Recordaba el proyecto, aunque no había llegado a conocer a la gente de la granja. Le sonaba que había habido un blanco y una mujer de Sudáfrica, y un par de extranjeros más. Varias personas del pueblo habían trabajado allí y los comentarios eran muy buenos respecto a lo que se podía conseguir, pero al final la cosa había quedado en nada. Era lo que pasaba siempre; África no se puede cambiar. La gente perdió interés por el proyecto, o volvió a los sistemas tradicionales de cultivo, o simplemente renunciaron porque requería demasiado esfuerzo. Y luego África reivindicó su presencia y lo cubrió todo otra vez.

—¿Alguien del pueblo podría llevarme hasta allí? —preguntó Mma Ramotswe.

Mma Tsbago pensó un momento.

—Todavía hay gente que trabaja en la zona —dijo—. Un amigo de mi tío estuvo empleado una temporada. Podemos ir a su casa y se lo pide usted.

Fueron primero a casa de Mma Tsbago. Era una casa tradicional, hecha de ladrillos de barro color ocre y rodeada por un murete o *lomotana*, que creaba un pequeño patio delante y a los lados de la casa. Fuera del murete había dos graneros con techo de paja y separados del suelo mediante estacas, así como un gallinero. En la parte de atrás estaba la letrina, hecha de zinc y peligrosamente inclinada, con un tablón viejo a modo de puerta del que pendía una cuerda para poder cerrar. Los niños salieron corriendo y abrazaron a su madre, y luego esperaron educadamente a que los presentaran a la desconocida. Del oscuro interior de la casa apareció entonces la abuela, con un raído vestido blanco y una sonrisa sin dientes.

Mma Tsbago dejó su bolsa en la casa y explicó que volvería dentro de una hora. Mma Ramotswe dio caramelos a los niños, que los recibieron con las palmas de las manos vueltas hacia arriba, dándole las gracias muy serios en correcto setswana. Estos niños sí entendían las viejas costumbres, pensó Mma Ramotswe, no como pasaba en Gaborone.

Cruzaron el pueblo en la mini furgoneta blanca. Era un típico pueblo de Botswana, un conglomerado disperso de casas de una o dos habitaciones, cada cual con su patio y una heterogénea colección de acacias alrededor. Las casas estaban unidas por senderos que zigzagueaban esquivando campos y cultivos. Había vacas yendo de acá para allá, arrancando unas briznas de hierba parda y marchita, observadas desde la sombra de un árbol por el jovencísimo pastor de barriga hinchada y ataviado con un mandil. Las reses no llevaban marca, pero todo el mundo conocía al dueño y de dónde procedían. Éstas eran las señales de riqueza, el fruto de los sudores de alguien que trabajaba en la mina de diamantes de Jwaneng o en la fábrica de envasado de productos cárnicos en Lobatse.

Mma Tsbago la guió hacia una casa a las afueras del pueblo. Se veía bien cuidada y era ligeramente más grande que las casas vecinas. Estaba pintada al estilo tradicional, en rojos y marrones y con un atrevido dibujo de rombos grabado en blanco. El patio estaba bien barrido, lo que hacía pensar que la mujer de la casa, que también se habría ocupado de pintarla, era meticulosa con su escoba de carrizo. Las casas y su decoración eran responsabilidad de la mujer, y ésta sin duda había heredado las técnicas tradicionales del país.

Desde la cancela, Mma Tsbago llamó pidiendo permiso para entrar. Era de mala educación enfilar el sendero sin previo aviso, y más aún entrar en una casa sin ser invitado.

—¡Ko, Ko! —llamó en voz alta Mma Tsbago—. ¡Mma Potsane, he venido a verla!

Al no obtener respuesta, Mma Tsbago volvió a llamar. Tampoco pasó nada, pero al cabo de un momento la puerta de la casa se abrió y apareció una mujer menuda y oronda, vestida con una falda larga y una blusa blanca de cuello alto.

—¿Quién hay? —gritó, haciendo visera con la mano—. ¿Quién es? No puedo verla bien.

—Soy Mma Tsbago. Usted me conoce. He venido con una desconocida.

La mujer se echó a reír.

—Pensé que sería otra persona y me he vestido a toda prisa de punta en blanco. ¡No hacía falta!

Les hizo señas de que entraran.

—Últimamente no veo muy bien —explicó Mma Potsane—. Mis ojos están cada vez peor. Por eso no la he reconocido.

Se estrecharon la mano e intercambiaron saludos formales. Luego Mma Potsane les señaló un banco que estaba a la sombra de un árbol grande al lado de la casa. Dijo que se sentarían allí, porque dentro de la casa estaba demasiado oscuro.

Mma Tsbago explicó el motivo de su visita y Mma Potsane la escuchó con vivo interés. Parecía que los ojos le molestaban mucho y de vez en cuando se los frotaba con la manga de la blusa.

—Sí —dijo, cuando Mma Tsbago hubo terminado de hablar—. Nosotros vivíamos allí. Mi marido trabajaba en la granja. Bueno, yo también. Confiábamos en ganar un poco de dinero con las cosechas, y al principio funcionó. Pero luego… —Dejó la frase en suspenso, encogiéndose de hombros.

—¿La cosa se torció? —preguntó Mma Ramotswe—. ¿Hubo sequía?

Mma Potsane suspiró.

—La hubo, sí. Pero aquí siempre hay sequía, ¿verdad? No, lo que pasó fue que la gente perdió la fe en el proyecto. Los buenos elementos que vivían allí se marcharon.

—¿Se refiere al blanco de Namibia? ¿El alemán?

—Sí, a ése. Era un buen hombre, pero se marchó. Luego hubo otros, batswana, que decidieron que ya estaban hartos. Y lo dejaron también.

—¿Y un norteamericano? —preguntó Mma Ramotswe—. ¿Había un chico norteamericano?

Mma Potsane se frotó otra vez los ojos.

—Ese chico se esfumó. Desapareció de la noche a la mañana. Avisaron a la policía y estuvieron buscando durante días y días. También estaba su madre, que vino muchas veces. Trajo a un explorador mosarwa, un hombre muy bajito que olfateaba el suelo como los perros. Tenía el trasero muy grande, igual que todos los basarwa.

—¿Y no encontró nada? —Mma Ramotswe conocía la respuesta, pero quería que la mujer continuara hablando. Hasta ahora sólo había oído la historia desde la perspectiva de la señora Curtin; era muy posible que otras personas hubieran visto cosas que ella no sabía.

—El hombre corría en círculo como un perro —dijo Mma Potsane, riendo—. Miraba debajo de las piedras y olisqueaba el aire y murmuraba por lo bajo, como hace esa gente, ya sabe, todos esos sonidos como de árboles mecidos por el viento y ramas que se parten. Pero no encontró rastro de ningún animal salvaje que hubiera podido atacar a ese chico.

Mma Ramotswe le pasó un pañuelo para los ojos.

—¿Y usted qué cree que le sucedió, Mma? ¿Cómo puede alguien desaparecer de esa manera?

Mma Potsane sorbió por la nariz y luego se sonó con el pañuelo de Mma Ramotswe.

—Yo creo que se lo llevó el viento —dijo—. Aquí, en los días de más calor, a veces se producen torbellinos. Vienen del Kalahari y se tragan las cosas, como si lo succionaran todo. Tal vez le pasó eso al chico y el torbellino lo mandó a otro lado, muy lejos de aquí. Quizá por la parte de Ghanzi o en pleno Kalahari, o vaya usted a saber. Eso explicaría que no lo encontraran.

Mma Tsbago miró de reojo a Mma Ramotswe, tratando de ver qué cara ponía, pero esta última miraba de frente a su interlocutora.

—Sí, es una posibilidad —dijo—. Una idea interesante. —Hizo una pausa—. ¿Podría usted acompañarme y me enseña dónde estaba la granja? Ahí fuera tengo una furgoneta.

Mma Potsane dudó un poco.

—No me gusta ir allí —dijo al cabo—. Es un sitio que me pone triste.

—Traigo veinte pulas para sus gastos —dijo Mma Ramotswe, metiendo la mano en el bolsillo—. Esperaba que quisiera usted aceptarlas.

—Desde luego —se apresuró a decir Mma Potsane—. Podemos ir a la granja. No me gusta ir de noche, pero de día es diferente.

—¿Qué le parece ahora mismo? —dijo Mma Ramotswe.

—No estoy ocupada —dijo Mma Potsane—. Aquí nunca pasa nada.

Mma Ramotswe le pasó el dinero y la mujer le dio las gracias batiendo palmas en señal de gratitud. Luego cruzaron el patio muy bien barrido, se despidieron de Mma Tsbago, montaron en la furgoneta y partieron.

Capítulo 7

Más problemas con la bomba del orfelinato

El día que Mma Ramotswe se marchó de viaje a Silokwolela, el señor J.L.B. Matekoni se sintió vagamente inquieto. Se había acostumbrado a ver a Mma Ramotswe los sábados por la mañana y a ayudarla con la compra o en alguna tarea de la casa. Sin ella estaba un poco perdido: Gaborone le parecía extrañamente vacío; el taller estaba cerrado y no tenía ganas de ordenar los papeles que se le iban acumulando encima de la mesa. Podía ir a casa de algún amigo, por supuesto, y quizá ir a ver un partido de fútbol, pero tampoco para eso estaba de humor. Entonces pensó en Mma Silvia Potokwane, la supervisora del orfelinato; allí siempre pasaba algo, inevitablemente, y ella siempre estaba dispuesta a charlar un rato tomando una taza de té. Sí, se acercaría al orfelinato a ver cómo iba todo. Así se le haría más corta la espera hasta que Mma Ramotswe volviera al caer la tarde.

Mma Potkwane lo divisó, como de costumbre, mientras él aparcaba el coche a la escasa sombra de un lilo.

—¡Le veo! —gritó desde su ventana—. ¡Le estoy viendo, señor J.L.B. Matekoni!

El señor J.L.B. Matekoni saludó con el brazo mientras cerraba el coche. Al ir hacia la oficina, le llegó el sonido de una música alegre. Encontró a Mma Potokwane sentada a su escritorio, con el teléfono pegado a la oreja. Ella le indicó por señas que tomara asiento y siguió con la conversación.

—Si pudiera darme un poco de ese aceite de cocina —dijo—, los huérfanos se pondrían muy contentos. Les gustan mucho las patatas fritas en aceite, y es bueno para ellos.

Su interlocutor dijo algo y Mma Potokwane frunció el entrecejo, mirando ahora al señor J.L.B. Matekoni como si quisiera compartir su enfado con él.

—Pero ese aceite ya no puede venderlo si ha vencido la fecha de caducidad, ¿por qué tengo que pagar nada? Sería mejor dárselo a los huérfanos que verterlo por el fregadero. Yo no puedo darle dinero, así que no veo por qué no puede usted regalárnoslo a nosotros.

Escuchó otra vez lo que el otro le decía y asintió con gesto paciente.

—Sí, me aseguraré de que vengan del *Daily News* a hacer unas fotos cuando usted entregue el aceite. Todo el mundo sabrá que es un hombre generoso. Saldrá en los periódicos...

Tras un breve intercambio, Mma Potokwane colgó el teléfono.

—Hay personas a las que les cuesta dar —dijo—. Tiene que ver con la forma en que los educaron sus madres. Lo decía en un libro que leí. Hay un doctor, un tal Freud, que es muy famoso y que ha escrito muchos libros sobre esa clase de personas.

—¿Visita en Johannesburgo? —preguntó el señor J.L.B. Matekoni.

—No lo creo —dijo Mma Potokwane—. El libro es de Londres. Pero es realmente interesante. Dice que todos los chicos están enamorados de su madre.

—Es lógico —dijo él—. Por supuesto que aman a sus madres. ¿Por qué no iban a hacerlo?

Mma Potokwane se encogió de hombros.

—Sí, es verdad. Yo tampoco veo qué tiene de malo que un chico ame a su madre.

—Entonces ¿por qué le preocupa tanto a ese doctor Freud? —dijo el señor J.L.B. Matekoni—. En todo caso debería preocuparle que los chicos no quisieran a sus madres.

Mma Potokwane puso cara de pensarlo.

—Tiene razón, pero el caso es que le preocupaban estos chicos y trataba de impedirlo.

—Eso es absurdo. Digo yo que tendría cosas mejores a las que dedicarse.

—Es lo que yo pensaba —dijo Mma Potokwane—. Pero con doctor Freud o sin él, los chicos siguen queriendo a sus madres, que es como debe ser.

Hizo una pausa y luego, contenta de dejar este tema, sonrió al señor J.L.B. Matekoni y dijo:

—Me alegra que haya venido. Pensaba telefonearlo.

El señor J.L.B. Matekoni suspiró.

—¿Los frenos? ¿O es la bomba?

—La bomba —dijo Mma Potokwane—. Hace un ruido muy extraño. Tenemos agua, pero la bomba hace un ruido como si estuviera de parto.

—Los motores también sufren —dijo el señor J.L.B. Matekoni—. Nos avisan de su dolor haciendo ruido.

—Entonces esa bomba necesita ayuda —dijo Mma Potokwane—. ¿Podría ir a echarle una ojeada rápida?

—Desde luego —dijo el señor J.L.B. Matekoni.

Le llevó más tiempo del que esperaba, pero al final encontró la causa y le puso remedio. Una vez montada de nuevo, probó la bomba y vio que volvía a funcionar la mar de bien. Habría que repararla de arriba abajo, desde luego, y ese día no podía demorarse mucho, pero al menos ya no hacía ese extraño ruido lastimero.

De vuelta en el despacho de la supervisora se relajó con su taza de té y un buen pedazo de tarta de grosella que las cocineras habían hecho por la mañana. Los huérfanos estaban bien alimentados. El gobierno cuidaba de sus huérfanos y concedía cada año una generosa subvención. Pero había asimismo numerosos donantes particulares que ayudaban al orfelinato, en dinero o en especie. Así, ninguno de los huérfanos carecía de lo esencial y ninguno estaba desnutrido, como era el caso en tantos países africanos. Botswana era un país agraciado: nadie se moría de hambre ni nadie se pudría en la cárcel por sus ideas políticas. Como Mma Ramotswe le había dicho una vez, los batswana podían ir con la cabeza bien alta en cualquier parte del mundo.

—Muy rica, la tarta —dijo el señor J.L.B. Matekoni—. Seguro que a los niños les encanta.

Mma Potokwane sonrió.

—Nuestros niños adoran la tarta. Si no les diéramos nada más que tarta, se pondrían muy contentos. Pero, claro está, también necesitan comer cebolla y alubias…

El señor J.L.B. Matekoni asintió con la cabeza.

—Una dieta equilibrada. Dicen que una dieta equilibrada es vital para la salud.

Esta observación mereció un momento de callada reflexión por parte de ambos.

—De modo que se casa usted pronto —dijo Mma Potokwane segundos después—. Eso va a cambiar su vida. ¡Tendrá que portarse bien, señor J.L.B. Matekoni!

Él se rió, al tiempo que rebañaba las últimas migas de su ración de tarta.

—Cuento con Mma Ramotswe. Ella se encargará de que me porte bien.

—Hmm —dijo Mma Potokwane—. ¿Van a vivir en casa de usted o en la de ella?

—Creo que será en la de ella. Es un poco más bonita que la mía. Ella vive en Zebra Drive, sabe usted.

—Ya —dijo la supervisora—. Pasé el otro día por delante. Parece una casa muy bonita.

El señor J.L.B. Matekoni hizo un gesto de sorpresa.

—¿Pasó especialmente por allí para ver la casa?

—Bueno —dijo Mma Potokwane con una sonrisita—, pensé que no sería mala idea echar un vistazo desde fuera. Es una casa bastante grande, ¿verdad?

—Y muy confortable —dijo el señor J.L.B. Matekoni—. Creo que hay sitio suficiente para los dos.

—De sobra, diría yo. Tendrán sitio para los niños.

El señor J.L.B. Matekoni frunció el entrecejo.

—No habíamos pensado en tener hijos. Somos un poquito mayores para eso. Yo tengo ya cuarenta y cinco. Y además… Bueno, no me gusta hablar de este tema, pero Mma Ramotswe me ha comentado que no puede dar a luz. Resulta que tuvo un bebé pero murió, y los médicos le han dicho que…

Mma Potokwane meneó la cabeza.

—Es una pena. Lo siento mucho por ella.

—Pero somos muy felices —dijo el señor J.L.B. Matekoni—. Aunque no tengamos hijos.

Mma Potokwane alcanzó la tetera y sirvió otra taza a su invitado. Luego cortó otro pedazo —grande— de tarta y se lo puso en el plato.

—Bueno, siempre queda la posibilidad de adoptar —dijo, observando al señor J.L.B. Matekoni mientras hablaba—. O también podrían cuidar de un niño, si no quieren adoptar. Podrían… —hizo una pausa y se llevó la taza a los labios—, podrían ocuparse de un huérfano —añadiendo apresuradamente—: O incluso de dos.

—No sé —dijo él, mirándose los zapatos—. Creo que no me gustaría adoptar un niño. Pero…

—Pero pueden tener un niño viviendo en la casa. Así no es necesario tomarse todas las molestias del papeleo y demás —dijo Mma Potokwane—. ¡Sería tan bonito!

—Quizá sí. No sé… Los hijos son una gran responsabilidad.

Mma Potokwane se echó a reír.

—Pero usted es un hombre que no teme asumir responsabilidades. Tiene el taller, por ejemplo, que ya es una responsabilidad. Y esos aprendices, son responsabilidad suya, ¿no? A usted no le vendría de nuevo.

El señor J.L.B. Matekoni pensó en sus aprendices. Ellos también habían aparecido de repente en el taller, poco después de que él hubiera telefoneado a la academia de estudios técnicos ofreciéndose a enseñar el oficio a dos muchachos. Había esperado grandes cosas de ellos, pero se desilusionó casi desde el principio. Cuando él tenía la edad de los aprendices, era un joven lleno de ambición; ellos, en cambio, parecían darlo todo por sentado. Al principio no había conseguido entender cómo podían ser tan pasivos, pero luego un amigo le dio la explicación: «Los jóvenes de ahora no muestran entusiasmo, porque si eres entusiasta no estás al día». De modo que era esto lo que les pasaba a los aprendices. Querían «estar al día».

En una ocasión, le había irritado tanto ver a los dos jóvenes sentados —y nada entusiastas— en sus bidones de aceite, mirando las musarañas, que no pudo evitar levantarles la voz.

«Ah, conque estáis al día, ¿eh? —gritó desde la puerta de su despacho—. ¿Es eso lo que pensáis?»

Los dos aprendices se habían mirado antes de responder:

«No —dijo uno—. No, señor.»

La respuesta lo había sacado de quicio y le hizo cerrar dando un portazo. Por lo visto a los chicos les faltaba incluso entusiasmo para reaccionar a su acusación, lo cual confirmó la idea que se había formado de ellos.

Ahora, pensando en los niños, se preguntó si tendría la suficiente energía para eso. Estaba llegando a un momento de su vida en que deseaba paz y traquilidad. Quería dedicarse a arreglar motores en su taller y pasar el resto del día con Mma Ramotswe. ¡Eso sería la felicidad! Pero ¿no pondrían los niños una nota de tensión? Habría que acompañarlos al colegio, meterlos en la bañera, llevarlos a que les pusieran inyecciones. Los padres siempre parecían agotados, detrás de sus hijos, y no veía claro que Mma Ramotswe y él quisieran meterse en ese berenjenal.

—Ya sé lo que está pensando —dijo Mma Potokwane—. Creo que lo tiene casi decidido.

—No sé si…

—Lo que tiene que hacer es no pensarlo tanto —continuó ella—. Podría darle los niños a Mma Ramotswe como regalo de boda. Las mujeres adoran a los niños. Seguro que estará encantada. ¡Imagínese, el mismo día tendrá un marido nuevo y unos cuantos hijos! Se lo digo yo, a cualquier mujer le encantaría.

—Pero…

Mma Potokwane no le dejó seguir.

—Mire, hay dos niños a los que les encantaría ir a vivir con ustedes —dijo—. Los tienen en casa un mes o dos, de prueba, y luego deciden si se pueden quedar o no.

—¿Dos niños? —tartamudeó el señor J.L.B. Matekoni—. Pero yo pensaba que…

—Son hermano y hermana —se apresuró a decir Mma Potokwane—. No nos gusta que los hermanos estén separados. Ella tiene doce años y el niño sólo cinco. Son muy buenos.

—No sé… Es que…

—A uno de los dos creo que ya lo conoce —dijo ella, poniéndose de pie—. La niña que le ha llevado agua, la que no puede andar.

El señor J.L.B. Matekoni guardó silencio. Se acordaba de la niña, que tan agradecida y educada había sido, pero ¿no sería una carga cuidar de una niña discapacitada? Mma Potokwane no lo había mencionado al hablar de ello. Y, encima, le había colado un niño más —el hermano— y ahora estaba hablando de la silla de ruedas como si no tuviera importancia. Pero se contuvo. Él también podría estar postrado en una silla de ruedas.

Mma Potokwane estaba mirando por la ventana.

—¿Quiere que llame a la niña? —preguntó volviéndose hacia él—. No intento obligarlo a nada, señor J.L.B. Matekoni, pero ¿quiere verla otra vez, y a su hermano pequeño?

La habitación estaba en silencio, sin contar un repentino crujido de la chapa del techo, que se expandía con el calor. El señor J.L.B. Matekoni se miró los zapatos y recordó brevemente su infancia allá en el pueblo. Y recordó haber sido objeto de la bondad del mecánico local, que le dejaba sacar brillo a las camionetas y echar una mano arreglando pinchazos, y que mediante esa bondad había despertado y alimentado una vocación. Cuán fácil era influir en la vida de los demás, cambiar el reducido espacio en que la gente desarrollaba su vida.

—Llámelos —dijo—. Me gustaría verlos.

Mma Potokwane le sonrió.

—Es usted un hombre bueno, señor J.L.B. Matekoni —dijo—. Voy a decir que los llamen. Tendrán que ir a buscarlos a los campos. Pero mientras esperamos, le voy a contar las peripecias de esos niños. Escuche.

Capítulo 8

La historia de los niños

—Debe comprender —dijo Mma Potokwane— que aunque para nosotros es fácil criticar las costumbres de los basarwa, haríamos bien en pensarlo un poco. Cuando uno ve la vida que llevan allí en el Kalahari, sin ganado propio ni casa en la que vivir, cuando uno lo piensa bien y se pregunta cuánto tiempo sobreviviría cualquier batswana en esas condiciones, uno se da cuenta de que los pobladores de la sabana son gente extraordinaria.

Había algunos basarwa que vagaban por las salinas de Makadikadi, en la carretera que va hacia el Okavango. Yo no conozco bien esa parte del país, pero he estado allí en un par de ocasiones. Recuerdo la primera vez que vi aquello: una gran llanura blanca bajo un cielo igual de blanco, con unas cuantas palmeras altísimas y hierba que parecía crecer de la nada; un paisaje tan extraño que incluso pensé que ya no estaba en Botswana sino en un país extranjero. Pero, un poco más adelante, vuelve a ser como Botswana y uno se siente cómodo otra vez.

Había una partida de masarwa*que había venido del Kalahari para cazar avestruces. Seguramente encontraron

* Los términos «masarwa», «san» y «basarwa» son equivalentes. (N. del T.)

96

agua en las salinas y luego continuaron hacia una de las aldeas que hay junto a la carretera de Maun. La gente de allí recela un poco de los basarwa, pues dicen que les roban las cabras y que, si no están atentos, les ordeñan las vacas por la noche.

Los masarwa acamparon a unos tres o cuatro kilómetros del pueblo. No es que hubieran montado tiendas ni nada, por supuesto, dormían bajo los arbustos, como suelen hacer. Habían matado varios avestruces y estaban bien provistos de carne, de modo que no tenían prisa por moverse de allí.

Entre ellos había bastantes niños y una de las mujeres acababa de dar a luz a un varón. Dormía con él a un lado, un poco apartada de los demás. Al otro lado tenía a su hija, que también estaba durmiendo. La madre se despertó, suponemos, y movió un poco las piernas para estar más cómoda. Por desgracia había una serpiente a sus pies, y la mujer apoyó el talón en su cabeza. La serpiente la mordió. Así es como suele ocurre casi siempre. Uno está acostado en sus esteras de dormir y la serpiente busca un poco de calor. Entonces te das la vuelta y la serpiente, creyéndose atacada, se defiende.

Le administraron unas hierbas. La gente de la sabana suele hacer acopio de raíces y corteza de árbol, pero nada de eso vale contra una picadura de lebolobolo, como seguramente fue el caso. Según la niña, su madre murió antes incluso de que el bebé se despertara. Naturalmente, no perdieron tiempo y se dispusieron a enterrarla aquella misma mañana. Pero no sé si sabe usted, señor J.L.B. Matekoni, que cuando una mujer mosarwa muere y todavía estaba dando de mamar, entierran también con ella al bebé. No hay comida para alimentar a un recién nacido sin madre. Así son las cosas.

La niña se ocultó entre los arbustos y vio cómo se llevaban a su madre y a su hermanito. El terreno era arenoso y sólo pudieron cavar una fosa poco profunda. Enterraron a la madre mientras las otras mujeres gemían y los hombres cantaban algo. La niña vio cómo metían también en la fosa a su hermanito envuelto en una piel de animal. Luego los cubrieron de arena y volvieron al campamento.

No bien se hubieron ido, la niña se acercó y empezó a escarbar la arena. No tardó mucho, y pronto pudo rescatar a su hermano. El bebé tenía la nariz taponada de arena pero todavía respiraba. La niña corrió a través de la sabana en dirección a la carretera, pues sabía que no estaba muy lejos. Una vez allí, al poco rato pasó un camión del Departamento Estatal de Carreteras. El conductor frenó. Debió de sorprenderle ver a una niña mosarwa allí plantada con un bebé en brazos. Naturalmente, no podía abandonarla allí, pese a que no consiguió entender lo que ella intentaba decirle. El hombre se dirigía a Francistown y paró en el Hospital Nyangabwe, dejándola al cuidado de un camillero que vio en la puerta.

Examinaron al bebé, que estaba muy flaco y aquejado de una infección por hongos. La niña, por su parte, tenía tuberculosis, cosa que es bastante habitual, de modo que la tuvieron ingresada en la sala correspondiente durante un par de meses, medicándola. El bebé quedó en la planta de maternidad hasta que el estado de la niña mejoró. Después los dejaron marchar. Necesitaban camas en la sala de tuberculosos y, por otra parte, no era asunto del hospital cuidar de una niña mosarwa con un bebé. Supongo que pensaron que volvería con los suyos, que es lo que normalmente hacen.

Una de las enfermeras vio a la niña sentada junto a la entrada del hospital y dedujo que no tenía adónde ir. Preocupada por su suerte, se la llevó a su casa y la instaló en un cobertizo que tenía en el patio y donde guardaba cosas, pero que se podía despejar para habilitar una especie de habitación. La enfermera y su marido dieron de comer a los niños, pero como ya tenían dos hijos y sus recursos eran más bien escasos, no podían incorporarlos a la familia.

La niña aprendió setswana muy rápido. Encontró la manera de ganar unas pulas recogiendo botellas vacías de la cuneta y llevándolas al almacén para cobrar el depósito. El bebé lo llevaba a la espalda, en una especie de cabestrillo, y nunca lo perdía de vista. Yo hablé con la enfermera y parece que, aun siendo todavía una niña, se portaba como una verdadera madre con su hermano. Le hacía ropa con trapos que encontraba aquí y allá, lo limpiaba a menudo bajo el grifo que había en el patio de la casa. A veces iba a mendigar a la estación de tren, y tengo entendido que la gente se apiadaba de ellos y les daba algún dinero, pero la niña prefería ganárselo si podía.

Así pasaron cuatro años. Y luego, de un día para otro, la niña cayó enferma. La llevaron de nuevo al hospital y descubrieron que la tuberculosis había deteriorado mucho su esqueleto. Algunos huesos se estaban desmenuzando y esto le hacía muy difícil moverse. Lo intentaron todo, pero finalmente no pudieron impedir que la niña quedara imposibilitada para andar. La enfermera miró de localizar una silla de ruedas gratis, y finalmente uno de los curas católicos le proporcionó una. Así pues, ahora la niña cuidaba de su hermano desde la silla de ruedas y él, a su vez, se ocupaba de pequeñas tareas.

La enfermera y su marido tuvieron que mudarse. Él trabajaba en una empresa de productos cárnicos y querían trasladarlo a Lobatse. La enfermera había oído hablar del orfelinato, de modo que me escribió. Le dije que podíamos acogerlos y fui personalmente a buscarlos a Francistown hace sólo unos meses. Y aquí están, como ya ha visto usted.

Ésa es la historia, señor J.L.B. Matekoni. Así es como vinieron a parar al orfelinato.

El señor J.L.B. Matekoni no dijo nada. Miró a Mma Potokwane y ésta a él. Hacía casi veinte años que ella trabajaba en el orfelinato —ya estaba allí cuando se inauguró— y era, o creía ser, inmune a las tragedias. Pero esta historia que acababa de contar la había afectado profundamente cuando la enfermera de Francistown se la contó. Y ahora parecía estar teniendo el mismo efecto en el señor J.L.B. Matekoni.

—Llegarán dentro de un momento —dijo—. ¿Quiere usted que les diga que tal vez estaría dispuesto a acogerlos?

El señor J.L.B. Matekoni cerró los ojos. No lo había hablado con Mma Ramotswe y no estaría nada bien endilgarle a dos niños sin haberla consultado antes. ¿Era éste modo de comenzar un matrimonio: tomar una decisión de tal importancia sin consultar a tu cónyuge? No, seguro que no.

Pero aquí estaban ya los niños. Ella en su silla de ruedas, sonriéndole, y el chico allí de pie, muy serio y con la mirada respetuosamente baja.

El señor J.L.B. Matekoni inspiró hondo. Había momentos en la vida en que uno tenía que actuar, y suponía que éste era uno de ellos.

—Niños, ¿os gustaría venir a vivir conmigo? —dijo—. ¿Sólo una temporada? Así vemos cómo va la cosa…

La niña desvió la vista hacia Mma Potokwane, como buscando confirmación.

—Rra Matekoni cuidará bien de vosotros —dijo Mma Potokwane—. Allí seréis felices.

La chica miró a su hermano y le dijo algo que los adultos no pudieron oír. El chico puso cara de pensar y luego hizo que sí con la cabeza.

—Es muy amable, Rra —dijo la chica—. Sí, nos gustaría mucho ir con usted.

Mma Potokwane batió palmas de contento.

—Id a hacer el equipaje —les dijo—. Dile a la monitora que os den ropa limpia.

La chica giró en su silla de ruedas y salió del despacho seguida de su hermano.

—¡Pero qué he hecho! —murmuró por lo bajo el señor J.L.B. Matekoni.

—Una cosa muy buena —respondió por él Mma Potokwane.

Capítulo 9

El viento siempre sopla de alguna parte

Partieron de la aldea en la mini furgoneta blanca de Mma Ramotswe. La pista de tierra estaba en malas condiciones; de hecho, en algunos puntos no era más que un inmenso bache, cuando no se convertía en un lago de ondulaciones que hacía traquetear al vehículo de mala manera. La granja estaba a sólo trece kilómetros de la aldea, pero la marcha era penosa y Mma Ramotswe se alegró de llevar consigo a Mma Potsane. Era fácil perderse en este paisaje siempre igual, sin colinas por las que guiarse y los árboles todos tan parecidos entre sí. A Mma Potsane, sin embargo, el paisaje le suscitaba muchas asociaciones pese a verlo mal. Con los ojos prácticamente cerrados, miraba por la ventanilla de la furgoneta e iba señalando cosas; el sitio donde años atrás habían encontrado un asno extraviado; la roca junto a la cual una vaca había muerto sin que supieran de qué. Eran los recuerdos íntimos que daban vida a la región, que ligaban a las personas a una extensión de tierra reseca, tan valiosa y bella para ellos como la más exuberante pradera.

Mma Potsane se irguió en el asiento y dijo:

—Es allí. ¿La ve? A mí me es más fácil distinguir las cosas si están a cierta distancia. Ahora veo la granja.

Mma Ramotswe siguió la dirección de su mirada. La vegetación de la sabana era ahora más densa, con muchas acacias, y éstas ocultaban, sin llegar a tapar, los perfiles de los edificios. Algunos eran típicos de las ruinas que se encuentran en el África meridional; muros blancos que parecían haberse desmoronado hasta quedar a sólo unos palmos del suelo, como si alguien los hubiera aplastado desde arriba; otras edificaciones conservaban aún el tejado, o la armazón del mismo, pues la paja había cedido consumida por las hormigas o invadida de nidos de pájaro.

—¿Eso es la granja?

—Sí. Y un poco más allá (¿lo ve usted) es donde vivíamos nosotros.

Fue un triste regreso para Mma Potsane, como ya le había advertido a Mma Ramotswe; había pasado allí mucho tiempo con su marido después de los años que él había estado ausente en las minas de Sudáfrica. Con los hijos ya crecidos, habían disfrutado otra vez de su mutua compañía y del lujo de una vida sin sobresaltos.

—No teníamos mucho que hacer —dijo—. Mi marido iba cada día a trabajar en los campos. Yo pasaba el rato con las otras mujeres, cosiendo ropa. Al alemán le gustaba que hiciéramos ropa y luego la vendía en Gaborone.

La carretera se perdía y Mma Ramotswe detuvo la furgoneta a la sombra de un árbol. Mientras estiraba las piernas, distinguió entre los árboles el edificio que debía de haber sido la casa principal. Seguramente había habido allí once o doce habitaciones, a juzgar por el tamaño de las ruinas. Era muy triste ver todo aquello en el estado en que se encontraba ahora; tantas ilusiones y ahora lo único que quedaba de los edificios eran los cimientos de barro y las paredes desmoronadas.

Fueron andando hasta la casa. Buena parte del techo estaba intacto, pues, a diferencia de los otros, éste era de chapa ondulada. Había puertas también, viejas puertas con mosquitera colgando de sus jambas, y cristal en algunas ventanas.

—Ahí vivía el alemán —dijo Mma Potsane—. Y el americano y la sudafricana, y varias personas de países muy lejanos. Los batswana vivíamos ahí al lado.

Mma Ramotswe asintió con la cabeza.

—Me gustaría entrar en esa casa.

—No encontrará nada —dijo Mma Potsane—. La casa está vacía. Todo el mundo se ha ido.

—Lo sé, pero ya que estamos aquí, quisiera ver cómo es por dentro. No hace falta que entre, si no quiere.

Mma Potsane dio un respingo.

—No puedo dejarla entrar sola —murmuró—. La acompaño.

Empujaron la mosquitera de la entrada. La madera estaba carcomida por las termitas y cedió al tocarla.

—Las hormigas se comerán todo este país —dijo Mma Potsane—. Algún día sólo quedarán hormigas. Se habrán comido todo lo demás.

Entraron en la casa e inmediatamente notaron el fresco al dejar atrás el sol. El aire olía a polvo, un olor acre procedente del techo que había vencido y de las vigas impregnadas de creosota para repeler a las hormigas.

Mma Potsane hizo un gesto amplio con el brazo.

—Ya lo ve. No hay nada. Es sólo una casa vacía. Ya podemos marcharnos.

Mma Ramotswe hizo caso omiso. Estaba examinando un papel amarillento fijado con una chincheta a la pared. Era un recorte de periódico, la foto de un hombre delante de un edificio. El papel estaba medio podrido y no era posible leer el pie de foto. Hizo señas a Mma Potsane.

—¿Quién es?

Mma Potsane miró la fotografía, acercándosela mucho a los ojos.

—Me acuerdo de él —dijo—. Trabajaba aquí. Es un motswana. Era muy amigo del americano. Se pasaban el tiempo charlando como dos viejos en un *kgotla**.

—¿Era de la aldea?

Mma Potsane se rió.

—No, qué va. De Francistown. Su padre dirigía un colegio y era un hombre muy inteligente. Sabía muchas cosas. Éste, el hijo, también; era muy inteligente. Sabía montones de cosas. Por eso el americano siempre estaba con él. Pero al alemán no le caía bien. Esos dos no eran precisamente amigos.

Mma Ramotswe volvió a mirar la foto y luego la desclavó de la pared y se la metió en el bolsillo. Mma Potsane había ido a la otra habitación. Allí, en el suelo, yacía el esqueleto de un pájaro grande, atrapado en la casa e incapaz de salir. Estaban los huesos, donde el ave debió de caer, roídos por las hormigas.

—Esta habitación era la oficina —explicó Mma Potsane—. Aquí guardaban todos los recibos, y en ese

---

* Lugar de reunión pública en las zonas rurales de Botswana. *(N. del T.)*

rincón de allá tenían una pequeña caja de caudales. Había gente que les enviaba dinero, sabe, gente de otros países que consideraba que esta granja era importante, un experimento para demostrar que era posible reconvertir un país seco como éste. Querían que demostráramos que la gente podía vivir en comunidad y compartirlo todo.

Mma Ramotswe asintió. Estaba familiarizada con personas que gustaban de poner a prueba todo tipo de teorías sobre cómo podía vivir la gente. Había algo en este país que los atraía, como si en la inmensa y reseca extensión del mismo hubiera «aire» de sobra para que nuevas ideas pudieran respirar. Este tipo de gente se había entusiasmado con la creación del movimiento de las brigadas. Les parecía muy buena idea que a los jóvenes se les pidiera pasar un tiempo trabajando para otros y ayudando en la construcción del país; pero ¿qué tenía eso de excepcional? ¿Es que los jóvenes de los países ricos no trabajaban? Tal vez no, y por eso estas personas, que venían de países ricos, habían encontrado el proyecto tan interesante. Eran buena gente, por regla general, y trataban con respeto a los batswana. Sin embargo, podía resultar cargante recibir consejos. Siempre había alguna organización extranjera dispuesta a decirles a los africanos: lo que tenéis que hacer es esto, así es como debéis hacer las cosas. Puede que los consejos fueran buenos y que quizá funcionaran en otra parte, pero África necesitaba sus propias soluciones.

Esta granja era un ejemplo más de los planes que no funcionaron. No se podían cultivar hortalizas en el Kalahari, y punto. Había muchas cosas que podían crecer en un sitio así, pero eran cosas propias de la región. Ni tomates ni lechugas. Estos productos no eran propios de Botswana, o no de esta parte del país.

Salieron del despacho y recorrieron el resto de la casa. Varias habitaciones no tenían techo y en ellas el suelo estaba cubierto de hojarasca. Vio lagartijas que corrían entre las hojas para ponerse a cubierto, y unos geckos diminutos de color blanco y rosa se quedaron inmóviles agarrados a las paredes, totalmente desconcertados por esta intromisión humana. Lagartijas; geckos; el polvo en el ambiente; no era sino esto: una casa vacía.

Sin contar el recorte de periódico.

Mma Potsane pareció alegrarse de volver a salir y propuso enseñarle a Mma Ramotswe el lugar donde habían estado los cultivos. La tierra, también aquí, había reclamado lo suyo, y lo único que quedaba del proyecto agrícola eran unas cuantas zanjas que la erosión había convertido en pequeñas cañadas. Aquí y allá se veía dónde habían estado las varas de madera que sostenían el sombrajo, pero no había rastro de la madera, pues, como todo lo demás, había sido devorada por las hormigas.

Mma Ramotswe se protegió los ojos con la mano.

—Tanto trabajo —musitó—. Y ahora esto.

Mma Potsane se encogió de hombros.

—Es lo que pasa siempre, Mma —dijo—. Incluso en Gaborone. Fíjese en todos esos edificios. ¿Cómo sabemos que Gaborone seguirá en pie dentro de cincuenta años? ¿No acabará siendo pasto de las hormigas, como ocurrió aquí?

Mma Ramotswe sonrió. Era una buena manera de expresarlo. Todos los empeños humanos son así, pensó para sus adentros, y sólo porque somos demasiado ignorantes para comprenderlo, o demasiado olvidadizos para recordarlo, tenemos la suficiente confianza como para construir algo pensando en que durará mucho tiempo. Dentro de veinte años, ¿se acordaría alguien de la 1ª Agencia de Mujeres Detectives? ¿Y de Speedy Motors? Seguramente no, pero, al fin y al cabo, ¿importaba mucho?

Ese pensamiento melancólico la llevó a acordarse de que no estaba aquí para fantasear con la arqueología sino para averiguar algo sobre lo ocurrido. Había venido para interpretar un lugar concreto, y descubría que no había nada, o casi nada, que interpretar. Era como si el viento lo hubiera borrado todo, esparciendo las páginas y cubriendo de polvo las huellas.

Se volvió hacia Mma Potsane, que estaba callada a su lado, y le preguntó:

—¿De dónde sopla el viento?

La otra mujer se llevó la mano a la mejilla, un gesto que Mma Ramotswe no acertó a entender. Sus ojos parecían vacíos; uno estaba empañado y ligeramente lechoso; debería ir a una clínica, pensó Mma Ramotswe.

—De allí —respondió Mma Potsane, señalando hacia las acacias y la gran extensión de cielo, hacia el Kalahari—. De allí.

Mma Ramotswe no dijo nada. Tuvo la sensación de estar muy cerca de comprender lo que había ocurrido, pero no podía expresarlo, y tampoco decir por qué lo sabía.

Capítulo 10

Los niños son buenos para Botswana

La arisca asistenta del señor J.L.B. Matekoni estaba repantigada junto a la puerta de la cocina, con su maltrecho sombrero rojo agresivamente ladeado. Su humor había empeorado desde que el señor J.L.B. Matekoni le había hecho saber la inquietante noticia, y llevaba horas meditando sobre cómo evitar la catástrofe. Las condiciones de su contrato laboral no podían ser mejores. En casa del señor J.L.B. Matekoni había muy poco que hacer; los hombres no se preocupaban por que las cosas estuvieran muy limpias y brillantes, y si los tenías bien alimentados no causaban problemas. Y ella, desde luego, le daba bien de comer, por más que esa gorda pudiera opinar lo contrario. ¡Mira que decir que el señor J.L.B. Matekoni estaba muy flaco! Claro, le parecía flaco a ella, por comparación, pero no lo era a ojos de cualquier persona normal. Ya se imaginaba lo que la gorda le daría de comer: cucharadas de grasa para desayunar y rebanadas gruesas de pan que lo pondrían rechoncho, como ese jefe del norte que reventó la silla cuando fue a visitar la casa donde su prima trabajaba de asistenta.

Pero no era tanto el bienestar del señor J.L.B. Matekoni lo que le preocupaba, cuanto su propio puesto de trabajo. Si tenía que ir a trabajar a un hotel, no podría darse el lujo de recibir a sus amigos como hacía ahora. Aprovechando que el señor mecánico estaba en el taller (y naturalmente a espaldas de él), venían hombres a visitarla, y a veces usaban la cama de matrimonio del señor J.L.B. Matekoni, la que había comprado en Central Furnishers. Era una cama muy confortable —un lujo inútil, para un soltero—, a sus amigos les encantaba. Solían obsequiarla con dinero, y los regalos siempre eran mejores si pasaban un rato juntos en la cama del señor J.L.B. Matekoni. Todo eso se habría terminado...

La asistenta frunció el entrecejo. Una situación tan grave era digna de una acción desesperada, pero no veía qué podía hacer. Era inútil tratar de razonar con él; en cuanto una mujer como aquélla clavaba sus zarpas en un hombre, no había vuelta atrás. En tales circunstancias los hombres se volvían muy poco razonables; su jefe no querría escucharla si ella intentaba prevenirlo de los peligros que lo acechaban. Aunque llegara a descubrir algo turbio en el pasado de esa mujer, el señor J.L.B. Matekoni probablemente haría oídos sordos. Se imaginó desvelando la noticia de que su futura esposa era... ¡una asesina! Había matado ya a dos maridos, echando veneno en la comida. Los dos estaban muertos por su culpa.

Pero él no diría nada, sólo sonreiría. No me lo creo, replicaría, y en efecto, no lo creería ni aunque ella le mostrara los titulares del *Botswana Daily News*: «Mma Ramotswe asesina a su marido. Los análisis de un plato de gachas de avena revelan que contenía gran cantidad de veneno».

Escupió al polvo. Si no había nada que pudiera hacer para conseguir que él cambiara de opinión, entonces quizá fuera mejor ver la manera de ocuparse de Mma Ramotswe. Si ella, Mma Ramotswe, simplemente no estuviera allí, el problema dejaría de existir; si pudiera... No, no quería pensar en esas cosas, y por otro lado seguramente no le alcanzaría para pagar a un hechicero. Cuando se trataba de eliminar personas eran muy caros, y además era demasiado peligroso. La gente hablaba y al final aparecería la policía, y qué peor que dar con tus huesos en la cárcel, pensó.

¡La cárcel! ¿Y si Mma Ramotswe tuviera que pasarse unos años en prisión? No puedes casarte con alguien que está entre rejas, ni él o ella tampoco contigo. Si declararan culpable a Mma Ramotswe de haber cometido un crimen y la encerraran unos años, todo quedaría como estaba ahora. Qué más daba si ella no había cometido ningún crimen, mientras la policía pensara que sí y pudiera encontrar las pruebas... Una vez había oído hablar de un hombre que acabó en la cárcel porque sus enemigos habían dejado munición en su casa e informado luego a la policía de que el tipo la guardaba para la guerrilla. Fue en los tiempos de la guerra de Zimbabwe, cuando el señor Nkomo tenía a sus hombres cerca de Francistown y, a pesar de los intentos de la policía por impedirlo, introducían armas y balas en el país. El hombre había protestado diciendo que era inocente, pero la policía se rió en su cara, lo mismo que hizo después el juez.

Actualmente había pocas armas, pero seguro que sería posible encontrar algo que esconder en casa de

Mma Ramotswe. ¿Qué buscaba ahora la policía? Bueno, parecían muy preocupados por las drogas, y de vez en cuando el periódico traía la noticia de que habían detenido a alguien por traficar con *dagga*. Pero hacía falta una gran cantidad de droga para despertar el interés de la policía, y ¿de dónde iba a sacarla ella? El *dagga* era muy caro, probablemente sólo podría comprar unas cuantas hojas. No, tendría que pensar en otra cosa.

Mientras pensaba, una mosca se le había posado en la frente y estaba bajando ahora por su nariz. Normalmente la habría espantado, pero acababa de ocurrírsele una idea y estaba disfrutando con ella. Se olvidó de la mosca; un perro ladró en el jardín vecino; un camión cambió ruidosamente de marcha en la carretera qua iba al viejo aeródromo. La asistenta sonrió y se echó el sombrero hacia atrás. Uno de sus amigos podría ayudarla. Sabía a qué se dedicaba, y que era peligroso. Él se encargaría de Mma Ramotswe, y, a cambio, ella le daría a él las atenciones que tanto le gustaban y que se le negaban en su propia casa. Y así, todos contentos. Él conseguiría lo que buscaba. Ella conservaría su empleo. El señor J.L.B. Matekoni se salvaría de las garras de una depredadora, y ésta, a su vez, recibiría su merecido. Todo estaba claro.

La asistenta regresó a la cocina y se puso a pelar patatas. Ahora que la amenaza que comportaba Mma Ramotswe quedaba atrás —o quedaría, muy pronto—, se sentía muy bien dispuesta hacia su pobre jefe, que era un ser débil, como todos los hombres. Hoy le prepararía un buen almuerzo. Había carne en la nevera; de hecho, había pensado llevársela a casa, pero no, se la freiría al señor J.L.B. Matekoni con un par de cebollas y acompañada de una generosa ración de puré de patata.

La comida no estaba todavía a punto cuando el mecánico llegó. La asistenta oyó la camioneta, el ruido de la cancela, la puerta de la casa al abrirse. Él normalmente gritaba «Ya estoy en casa» cuando llegaba, para avisar de que ella podía ir sirviendo la comida. Pero hoy no hubo tal cosa, y sí, en cambio, el sonido de otra voz. La asistenta contuvo el aliento, pensando que tal vez su patrón venía acompañado de aquella mujer, para almorzar juntos. En ese caso, tendría que esconder rápidamente lo que había preparado y decir que no había comida en la casa. Jamás iba a permitir que Mma Ramotswe, la mujer que venía a complicarle la vida, comiera algo guisado por ella; antes se lo daría a un perro.

Fue hacia la puerta de la cocina y se asomó al pasillo. El señor J.L.B. Matekoni estaba al fondo, junto a la entrada, franqueando el paso a otra persona.

—Cuidado —dijo—. La puerta no es muy ancha.

Otra voz dijo algo, pero no pudo oír bien. Era una voz femenina, pero no, comprobó con alivio, la de esa horrible Ramotswe. ¿A quién traía el jefe a casa? ¿A otra mujer? Estupendo, porque así podría decirle a la gorda que él le era infiel, y quizá así impediría este fatídico matrimonio.

Pero entonces apareció la silla de ruedas y pudo ver a la niña, y a su hermano pequeño que la empujaba. No supo qué pensar. ¿A qué venía que el señor J.L.B. Matekoni trajera esos niños? Debían de ser parientes suyos, los hijos de algún primo o prima lejanos. La ética tradicional de Botswana obligaba a cuidar de la familia, por muy lejano que fuera el parentesco.

—Estoy aquí, Rra —dijo la asistenta en voz alta—. El almuerzo está listo.

El señor J.L.B. Matekoni levantó la vista.

—Ah —dijo—. Vengo con unos niños. Necesitarán comer algo.

—Habrá suficiente —contestó ella—. He preparado un buen guiso.

Esperó unos minutos antes de ir a la sala de estar, ocupada en hacer el puré con unas patatas demasiado hervidas. Y cuando fue hacia allá, limpiándose concienzudamente las manos en un paño de cocina, se encontró al señor J.L.B. Matekoni sentado en su silla. Al otro extremo de la habitación, mirando por la ventana, estaba una niña con un niño más pequeño —seguramente su hermano— detrás de ella. La asistenta los miró y en seguida supo de qué tipo de niños se trataba. Son basarwa, pensó: no hay duda. La niña tenía ese color de piel, marrón claro, como de excremento de vaca; el niño tenía esos ojos un poco achinados, propios de aquella gente, y las nalgas un poco prominentes.

—Estos niños van a quedarse aquí conmigo —anunció el señor J.L.B. Matekoni, bajando la mirada al decirlo—. Son del orfelinato, pero yo voy a cuidar de ellos.

La asistenta abrió muchos los ojos. Era algo que no se esperaba. Ninguna persona que se preciara de ser normal aceptaría tener unos niños masarwa viviendo en su casa. Esta gente robaba (siempre lo había creído así) y era un error tenerlos viviendo en casas de respetables batswana.

114

Puede que el señor J.L.B. Matekoni trate de ser bueno, pensó, pero la caridad tiene un límite.

—¿Se van a quedar aquí? —preguntó—. ¿Y cuántos días?

El señor J.L.B. Matekoni no levantó la vista y ella pensó que era por vergüenza.

—Mucho tiempo. No tengo previsto devolverlos al orfelinato.

La asistenta se quedó callada, preguntándose si esto tendría algo que ver con la Ramotswe. Tal vez había decidido que los niños podían venir a vivir a esta casa, una fase más de su programa para apoderarse de él. Primero metes a unos niños masarwa, y luego te mudas tú también allí. La presencia de los niños, por supuesto, podía formar parte de un plan en contra de ella. Mma Ramotswe tal vez había anticipado que no le parecería bien tener esa clase de niños en la casa, y de este modo la obligaría a marcharse antes incluso de haberse instalado ella. Muy bien, pues si ése era el plan, no se lo iba a poner fácil. Le demostraría a esa Ramotswe que le gustaban estos niños y que se alegraba de tenerlos en la casa. No sería fácil, pero podía hacerlo.

—Tendréis hambre —dijo, dirigiéndose a la niña con una sonrisa—. He preparado una buena comida. Como la que les gusta a los niños.

Ella devolvió la sonrisa y dijo, educadamente:

—Muchas gracias, Mma. Es usted muy amable.

El niño guardó silencio. Estaba mirando a la asistenta con aquellos inquietantes ojos, y ella se estremeció interiormente. Volvió a la cocina y preparó los platos. Le puso una buena ración a la niña, y más que de sobra al señor J.L.B. Matekoni; pero al niño le puso muy poca carne, cubriéndola con lo que rebañó de la cazuela del puré. No quería consentir a aquel niño, y cuanto menos le diera de comer, mejor.

Almorzaron en silencio. El señor J.L.B. Matekoni ocupaba la cabecera de la mesa, con la niña a su derecha y el niño al otro extremo. La niña tenía que inclinarse al frente para comer, pues la silla de ruedas no encajaba debajo de la mesa, pero se apañaba bastante bien y pronto terminó lo que tenía en el plato. El niño devoró el suyo y luego se quedó con las manos enlazadas, observando al señor J.L.B. Matekoni.

Terminada la comida, el señor J.L.B. Matekoni fue a buscar la maleta que habían traído del orfelinato. La monitora les había puesto ropa extra dentro de una de las maletas marrones de cartón que daban a los huérfanos cuando éstos dejaban el centro. Había una pequeña lista escrita a máquina y pegada con cinta adhesiva a la maleta, dos columnas con la ropa que contenía. *Niño: 2 pantalones de niño, 2 pantalones cortos caqui, 2 camisas caqui, 1 jersey, 2 pares de calcetines, 1 par de zapatos, 1 Biblia en setswana. Niña: 3 pantalones de niña, 2 camisas, 1 chaleco, 2 faldas, 2 pares de calcetines, 1 par de zapatos, 1 Biblia en setswana.*

El señor J.L.B. Matekoni entró con la maleta y les enseñó a los niños su habitación, que era el cuarto pequeño que reservaba para unos invitados que nunca llegaban. En él había dos colchones, un montoncito de mantas polvorientas y una silla. Dejó la maleta encima de la silla y la abrió. La niña se acercó a mirar: la ropa era toda nueva. Alargó la mano, indecisa, para tocar las prendas, como haría alguien que nunca hubiera poseído ropa nueva.

El señor J.L.B. Matekoni dejó allí a los niños deshaciendo el equipaje. Salió al patio y se quedó un momento bajo el sombrajo, junto a la puerta principal. Sabía que se había dejado llevar por un impulso llevando a los niños a su casa, y la enormidad del hecho en sí se le hizo ahora patente. Había cambiado el curso de las vidas de dos personas; todo cuanto les ocurriera a partir de este momento sería responsabilidad de él. Se sintió un tanto apabullado. No sólo había dos bocas más que alimentar, sino que habría que pensar en colegios y en una mujer que atendiera sus necesidades cotidianas. Tendría que buscar una niñera; un hombre no podía hacer todas esas cosas que los niños necesitaban. Tendría que ser alguien parecido a la monitora que los había cuidado en el orfelinato. De pronto se acordó: estaba a punto de casarse. Sí, Mma Ramotswe haría de madre a estos niños.

Se sentó pesadamente en un bidón de petróleo puesto del revés. Los niños iban a ser responsabilidad de Mma Ramotswe y ni siquiera le había pedido su opinión. Se había dejado engatusar por la persuasiva Mma Potokwane y apenas si había pensado en lo que esto entrañaba. ¿Y si los devolvía? Ella no podría negarse a recibirlos pues, legalmente, todavía estaban bajo su tutela. No habían firmado nada; no había documentos al respecto. Pero devolverlos al orfelinato era impensable. Había dicho a esos niños que cuidaría de ellos, lo cual, a su entender, era más importante que ninguna firma o papel legal.

El señor J.L.B. Matekoni jamás había faltado a su palabra. Era una regla de oro en su trabajo como mecánico no decirle algo a un cliente y luego no cumplir lo prometido. A veces, esto le había costado caro. Si decía a un cliente que una reparación costaría trescientas pulas, luego no le cobraba más aunque el trabajo le hubiera llevado mucho más tiempo del previsto. Como sucedía a menudo, pues esos dos aprendices que tenía en el taller tardaban siglos en hacer la cosa más sencilla. No le cabía en la cabeza que fuera posible invertir tres horas en hacer una simple revisión. Sólo había que sacar el aceite viejo, meterlo en el depósito de aceite sucio, poner aceite nuevo, cambiar los filtros, comprobar el líquido de frenos, ajustar el reglaje y engrasar la caja de cambios. Era una cosa sencilla y costaba doscientas ochenta pulas. Se podía hacer en una hora y media, a lo sumo, pero los aprendices siempre tardaban mucho más.

No, no podía volverse atrás, había dado su palabra. Estos niños —pasara lo que pasase— eran ahora hijos suyos. Hablaría con Mma Ramotswe y le explicaría que los niños eran buenos para Botswana y que debían hacer lo posible por ayudar a estos pobres chiquillos que no tenían familia. Mma Ramotswe era buena, a él le constaba, y estaba seguro de que lo entendería y le daría la razón. Sí, hablaría con ella… pero quizá todavía no.

Capítulo 11

El techo de cristal

Mma Makutsi, secretaria de la 1ª Agencia de Mujeres Detectives y licenciada *cum laude* por la Escuela de Secretariado de Botswana, estaba sentada a su mesa de despacho mirando hacia el hueco de la puerta. Ella prefería dejar la puerta abierta cuando no había actividad en la agencia (que era casi siempre), pero eso tenía sus inconvenientes, pues a veces se colaban gallinas y se ponían a picotear como si estuvieran en su casa. A Mma Makutsi no le gustaban nada, por más de una razón. Para empezar, no quedaba profesional tener gallinas en una agencia de detectives, y, por otro lado, las gallinas le resultaban de lo más molesto. De hecho eran siempre cuatro gallinas y un acoquinado y, suponía ella, impotente gallo al que las gallinas consentían por caridad. El gallo era cojo y había perdido buena parte de las plumas de un ala. Se lo veía derrotado, como si fuera más que consciente de su pérdida de estatus, y siempre iba unos pasos detrás de las gallinas, como un príncipe consorte relegado por el protocolo a un permanente segundo lugar.

También a las gallinas parecía molestarles la presencia de Mma Makutsi, como si fuera ésta, y no ellas, la intrusa. Por derecho, el pequeño edificio con sus dos ventanitas y la puerta que rechinaba debería ser un gallinero, no una agencia de detectives. Tal vez si la miraban todas fijamente, ella se marcharía y así tendrían libertad para posarse en las sillas y hacer nidos en los archivadores. Esto era lo que querían las cuatro gallinas y su acompañante.

—Largo de aquí —dijo Mma Makutsi, ahuyentándolas con un periódico doblado—. Aquí no se permiten gallinas. ¡Fuera!

La de mayor tamaño le dirigió una mirada homicida; el gallo sólo parecía querer pasar desapercibido.

—¡A vosotras os hablo! —gritó Mma Makutsi—. Esto no es una granja avícola. ¡Fuera!

Las aludidas prorrumpieron en indignados cloqueos y por un momento pareció que se lo pensaban. Pero cuando Mma Makutsi retiró su silla e hizo ademán de levantarse, el quinteto se apresuró hacia la puerta, esta vez con el gallo en cabeza, cojeando de mala manera.

Solucionado el problema aviar, Mma Makutsi reanudó la contemplación del espacio a través de la puerta. Le parecía indigno tener que echar a unas gallinas de tu oficina. ¿Cuántas licenciadas de la Escuela de Secretariado de Botswana se veían obligadas a algo así?, se preguntó. En el centro de la ciudad había oficinas en edificios grandes, con bonitos ventanales y aire acondicionado, y las secretarias trabajaban en mesas metálicas y los cajones tenían asas cromadas. Una vez, las alumnas de la escuela habían ido en visita de trabajo a unas oficinas así. Había podido ver a las secretarias, muy risueñas ellas, con pendientes caros, esperando a que un hombre con un buen sueldo diera el paso al frente y les propusiera matrimonio. Mma Makutsi pensó entonces que le gustaría tener un empleo así, aunque su interés estaría centrado en el trabajo, no en un marido. De hecho, había dado por sentado que conseguiría un empleo en una moderna oficina, pero al terminar el curso y pasar por una ronda de entrevistas de trabajo, a ella no le habían hecho ninguna propuesta. Y no entendía por qué. Algunas de las alumnas que habían sacado peor nota que ella —a veces hasta un miserable 51 por ciento, el más bajo de los aprobados— tuvieron buenas ofertas, mientras que ella (que había conseguido un insólito 97 por ciento) no recibió ninguna. ¿Cómo podía ser eso?

Se lo explicó una compañera que tampoco había tenido suerte en ninguna de sus entrevistas.

—Los que dan empleo son hombres, ¿no? —le había dicho.

—Sí, supongo —dijo Mma Makutsi—. Los negocios están en manos de hombres. Ellos eligen a las secretarias.

—¿Y cómo crees tú que los hombres eligen quién se queda el empleo y quién no? ¿Crees que juzgan según la nota obtenida? ¿Es eso lo que piensas?

Mma Makutsi se había quedado callada. En ningún momento se le había ocurrido pensar que una decisión de ese tipo pudiera basarse en otra cosa. Todo cuanto había aprendido en la escuela apuntaba a que para conseguir un buen empleo era preciso trabajar de firme.

—Sí —dijo su amiga, sonriendo irónicamente—, ya veo que eso es lo que piensas. Pues te equivocas. Los hombres eligen a sus empleadas por su aspecto y nada más. Eligen a las más guapas y les dan el empleo. Y a las otras les dicen: Lo sentimos mucho, no quedan vacantes. Lo sentimos mucho. Hay una crisis mundial y, cuando eso pasa, sólo queda trabajo para las más guapas. Así son las cosas. Todo depende de la economía.

Mma Makutsi no supo qué cara poner. Pero se dio cuenta de que la otra estaba en lo cierto. Quizá ya lo había sabido desde siempre, de un modo inconsciente, y no había querido afrontar los hechos. Las guapas conseguían lo que querían, y las que eran como ella, es decir, ni tan guapas ni tan elegantes, se quedaban sin nada.

Aquella noche se miró al espejo. Había intentado hacerse algo en el pelo, sin conseguirlo. Se lo había alisado un poco y había tirado de aquí y de allá, pero sus cabellos se negaron a cooperar. También el cutis había resistido a las cremas que se aplicaba, y al final tenía la piel bastante más oscura que la mayoría de las chicas de la escuela. Se sentía indignada por ese injusto destino. No había nada que hacer. Incluso con aquellas grandes gafas redondas que se había comprado, y que tanto dinero le costaron, no había podido disimular el hecho de que era una mujer de piel muy oscura en un mundo donde las chicas de piel más clara y los labios pintados de rojo subido lo tenían todo a su favor. Era una verdad ineludible que, por más ilusiones que se hiciera, por más cremas y lociones que se aplicara diariamente, nada podía cambiar. Pasarlo bien en la vida, tener un buen empleo, un marido rico, no eran cosas que dependieran de los méritos propios ni del trabajo duro, sino de la pura y dura biología.

Delante del espejo, Mma Makutsi se echó a llorar. Se había esforzado mucho para sacar aquel 97 por ciento en la Escuela de Secretariado de Botswana, pero igual podría haberse dedicado a pasarlo bien y a salir con chicos, pues tanto esfuerzo no le había servido de nada. ¿Conseguiría por fin un trabajo o tendría que quedarse en casa, ayudando a su madre a lavar y planchar los pantalones caqui de sus hermanos pequeños?

La respuesta la tuvo al día siguiente, cuando solicitó trabajo como secretaria de Mma Ramotswe y fue admitida. Ahí estaba la solución: si los hombres se niegan a juzgar por los méritos, y sí por la anatomía, entonces busca que te contrate una mujer. De acuerdo, la oficina en sí no era nada sofisticada, pero ser la secretaria de una detective era infinitamente más prestigioso —y emocionante— que trabajar en un banco o en un bufete de abogados. De modo que al final, tal vez, se había hecho justicia; en definitiva, todo aquel duro trabajo en la escuela había dado sus frutos.

Pero, eso sí, las gallinas seguían siendo un problema.

—Le cuento, Mma Makutsi —dijo Mma Ramotswe instalándose en su butaca dispuesta a tomar el té que su secretaria ya le estaba preparando—: Fui a Molepolole y encontré el lugar donde vivía aquella gente. Vi la granja y el huerto donde hacían sus experimentos agrícolas. Hablé con una mujer que había vivido allí en esa época. Vi todo lo que había que ver.

—¿Y descubrió algo? —preguntó Mma Makutsi al tiempo que vertía agua a punto de hervir en la vieja tetera esmaltada y la removía con las hojas de té.

—Descubrí una sensación —respondió Mma Ramotswe—. Sentí que sabía algo.

Mma Makutsi escuchó atentamente. Veamos, ¿qué había querido decir Mma Ramotswe con que sintió que sabía algo? Uno sabe o no sabe. No puedes pensar que a lo mejor sabrás algo si realmente no sabes qué es lo que se supone que vas a saber.

—No estoy segura de si… —dijo.

Mma Ramotswe se echó a reír.

—Lo llaman un presentimiento —dijo—. El libro de Clovis Andersen habla de ello. Los presentimientos, dice, son la expresión de cosas que sabemos en nuestro fuero interno pero que no somos capaces de expresar con palabras.

—Y ese presentimiento que tuvo allí —dijo Mma Makutsi—, ¿qué cree usted que expresaba? ¿Dónde estaba ese pobre chico americano?

—Allí —dijo en voz queda Mma Ramotswe—. Ese joven está allí.

Se produjo un silencio. Mma Makutsi dejó la tetera sobre la mesa de formica y volvió a poner la tapa.

—¿El chico vive en la granja? ¿Todavía?

—No —dijo Mma Ramotswe—. Está muerto. Pero sigue allí. ¿Entiende lo que le quiero decir?

Mma Makutsi asintió con la cabeza. Sí, lo sabía. Cualquier africano sensible sabría qué quería decir su jefa. Al morir, no abandonamos el lugar donde estábamos en vida. De alguna manera, seguimos todavía allí, en espíritu. Nuestro espíritu no se marcha nunca. Esto era algo que los blancos parecían incapaces de comprender. Ellos lo tildaban de superstición, diciendo que creer en tales cosas era un signo de ignorancia. Si no podían entender que todos formamos parte de nuestro

124

entorno natural, entonces eran ellos los ciegos, no los africanos.

Sirvió el té y le pasó un tazón a Mma Ramotswe.

—¿Piensa decirle esto a la mujer americana? —preguntó—. Seguramente dirá: «¿Y dónde está el cadáver de mi hijo? Enséñeme el sitio exacto». Ya sabe cómo piensa esa gente; ella no le entenderá si le dice que el chico está por allí, en alguna parte, pero que usted no puede concretar dónde.

Mma Ramotswe se llevó el tazón a los labios y observó a su secretaria. Era una mujer astuta, pensó. Intuía perfectamente lo que la americana iba a pensar y era consciente de la dificultad de transmitir estas sutiles verdades a una persona que concebía el mundo como algo perfectamente explicable por la ciencia. Los norteamericanos eran muy inteligentes; enviaban cohetes al espacio e inventaban máquinas que podían pensar más deprisa que cualquier ser humano, pero toda esta inteligencia podía también volverlos ciegos. No comprendían a los que no eran como ellos. Pensaban que todo el mundo miraba las cosas como los norteamericanos, y se equivocaban. La ciencia sólo era una parte de la verdad. Había otras muchas cosas que hacían que el mundo fuera lo que es y a menudo los norteamericanos no acertaban a fijarse en esas cosas, a pesar de que las tenían delante de sus narices.

Mma Ramotswe dejó a un lado el tazón y metió la mano en el bolsillo de su vestido.

—También encontré esto —dijo, sacando el recorte de periódico con la fotografía y pasándoselo a su secretaria. Mma Makutsi desdobló el papel y lo alisó sobre la superficie de su mesa. Después de mirarlo durante unos segundos, levantó la cabeza y dijo:

—Esto es muy antiguo. ¿Estaba por el suelo?

—No. Clavado en la pared, junto con algunos papeles más. Las hormigas no habían dado cuenta de ellos.

—Aquí hay nombres —dijo Mma Makutsi mirando de nuevo el recorte—: Cephas Kalumani. Oswald Ranta. Mma Soloi. ¿Quiénes son?

—Gente que vivía allí en esa época, supongo.

Mma Makutsi se encogió de hombros.

—Pero aunque pudiéramos localizar a esas personas y hablar con ellas —dijo—, ¿qué iba a importar? La policía debió de interrogarlos en su momento. Hasta puede que la señora Curtin hablara personalmente con ellos la primera vez que volvió.

Mma Ramotswe asintió, dándole la razón.

—Sí —dijo—, pero esa fotografía me dice algo. Fíjese en las caras.

Mma Makutsi se concentró en la amarillenta imagen. Había dos hombres en primer plano, al lado de una mujer. Detrás había otro hombre —su cara no se veía bien— y una mujer, medio vuelta de espaldas. Los nombres que citaba el pie de foto correspondían a los tres en primer plano. Cephas Kalumani era un hombre alto y un poco desgarbado, de esas personas que se ven raras e incómodas en cualquier fotografía. Mma Soloi, de pie a su lado, estaba radiante y feliz. Era una mujer de aspecto agradable, la típica mujer motswana que sabe lo que es trabajar duro, que mantiene a una familia numerosa y cuya función en la vida parecía ser la de limpiar sin tregua y sin quejarse: limpiar el patio, limpiar la casa, limpiar niños. Era el retrato de una heroína; no reconocida como tal, pero heroína al fin y al cabo.

El tercer personaje, Oswald Ranta, era muy diferente: pulcro y bien vestido, con camisa blanca y corbata, y al igual que Mma Soloi sonreía a la cámara. Ahora bien, su sonrisa era muy distinta.

—Fíjese en ese hombre —dijo Mma Ramotswe—. Mírelo bien.

—No me gusta —dijo Mma Makutsi—. No me gusta nada su aspecto.

—Precisamente. Ese hombre es la maldad personificada.

Se quedaron las dos sentadas en silencio durante unos minutos, Mma Makutsi mirando la fotografía y Mma Ramotswe con la vista fija en su tazón. Fue esta última la que habló primero.

—Yo diría que si algo malo ourrió en esa granja, fue obra de ese Ranta. ¿Le parece que tengo razón?

—Sí, la tiene —dijo Mma Makutsi, y añadió tras una pequeña pausa—: ¿Piensa ir a buscarlo?

—Es mi siguiente objetivo —respondió Mma Ramotswe—. Preguntaré por ahí a ver si alguien conoce a ese hombre. Pero entretanto, Mma, tenemos algunas cartas que escribir. Hay otros casos que atender, ¿no? El hombre de la destilería que estaba preocupado por su hermano; ya he averiguado algo y podemos escribirle una carta. Pero primero de todo nos ocuparemos de ese contable.

Mma Makutsi introdujo una hoja de papel en su máquina de escribir y esperó a que su jefa empezara a dictarle. La carta no era muy interesante, hablaba de un contable que había vendido la mayoría del capital de la empresa donde trabajaba y desaparecido inmediatamente después. La policía había dejado de buscar pistas pero la empresa quería localizar sus bienes.

Mma Makutsi tecleaba automáticamente; su habilidad de mecanógrafa le permitía estar pensando en otra cosa. Y ahora estaba pensando en Oswald Ranta y en cómo localizarlo. El apellido era muy poco corriente, tal vez lo más sencillo sería buscar en el listín telefónico. Oswald Ranta era un hombre guapo y seguramente tendría teléfono. Buscaría en el listín y anotaría la dirección. Luego quizá podría ir a investigar por su cuenta e informar del resultado a Mma Ramotswe.

Mma Makutsi le pasó la carta, una vez terminada, a Mma Ramotswe para que la firmara y se puso a escribir las señas en un sobre. Después, mientras Mma Ramotswe hacía una anotación en la carpeta, abrió un cajón y sacó el listín telefónico de Botswana. Tal como había pensado, había un solo Oswald Ranta.

—Tengo que hacer una llamada telefónica —dijo—. Será sólo un momentito.

Mma Ramotswe le dio permiso con un murmullo. Sabía que en este sentido podía confiar en Mma Makutsi, pues, a diferencia de la mayoría de secretarias, no se aprovechaba del teléfono para poner conferencias a novios o amigos en sitios tan lejanos como Maun u Orapa.

No pudo oír lo que Mma Makutsi decía, ya que ésta bajó la voz:

—¿Podría hablar con Rra Ranta?

—No está en casa, Mma. Yo soy la asistenta. Está en el trabajo.

—Perdone que la moleste, Mma. Necesitaría hablar con él. ¿Puede decirme dónde trabaja?

—En la universidad. Va allí cada día.

—Bien. ¿Sabe el número?

Lo anotó en un papel, dio las gracias a la asistenta y colgó. Luego marcó de nuevo, y poco después volvía a anotar algo en un papel.

—Mma Ramotswe —dijo—. Tengo toda la información que necesita.

Mma Ramotswe levantó rápidamente la cabeza.

—¿Sobre qué?

—Sobre Oswald Ranta. Vive aquí en Gaborone. Es profesor en el departamento de Economía Rural de la universidad. La secretaria me ha dicho que va allí todos los días a las ocho de la mañana y que se puede concertar una cita para hablar con él. No tiene usted que buscar más.

Mma Ramotswe sonrió.

—Es usted muy inteligente, Mma —dijo—. ¿Cómo ha averiguado todo esto?

—Mirando en el listín telefónico —respondió Mma Makutsi—, y luego llamando para averiguar lo demás.

—Bien —dijo Mma Ramotswe, sonriendo todavía—. Ha sido un buen trabajo de detective.

Mma Makutsi se puso muy contenta. ¡Un trabajo de detective! Y eso que ella sólo era la secretaria...

—Me alegro de que esté satisfecha con mi trabajo —dijo un momento después—. He querido hacer un poco de detective. Soy feliz como secretaria, que conste, pero no es lo mismo que ser detective.

—¿Era eso lo que quería? —dijo Mma Ramotswe, frunciendo el entrecejo.

—Pues sí —respondió Mma Makutsi—. Cada día pienso que me gustaría ser detective.

Mma Ramotswe pensó en su secretaria: trabajaba bien, era inteligente, y si eso significaba tanto para ella, ¿por qué no ascenderla de categoría? Así podría ayudarla en las pesquisas, una manera mucho más útil de emplear el tiempo que estar sentada esperando a que sonara el teléfono de la oficina. Podían comprar un contestador automático para registrar las llamadas cuando ella estuviera ausente. ¿Por qué no darle esa oportunidad y de pasada hacerla feliz?

—Tendrá eso que tanto desea —dijo Mma Ramotswe—. A partir de mañana queda ascendida a ayudante de detective.

Mma Makutsi se puso de pie. Abrió la boca para decir algo, pero la emoción le impedía articular palabras. Volvió a sentarse.

—Me alegro de que esté contenta —dijo Mma Ramotswe—. Ha roto ese techo de cristal que impide a las secretarias desarrollar plenamente sus aptitudes.

Mma Makutsi levantó la cabeza como si buscara el techo de cristal que supuestamente había roto. Allá arriba sólo había las tablas de siempre, salpicadas de moscas y combadas por el calor. Pero ni el techo de la Capilla Sixtina habría podido ser más glorioso para ella en aquel momento, ni más lleno de esperanza y de júbilo.

Capítulo 12

Una noche en Gaborone

A solas en Zebra Drive Mma Ramotswe se despertó, como otras muchas veces, de madrugada, a esa hora en que la ciudad estaba completamente en silencio; la hora de máximo peligro para ratas y otros pequeños animales, pues las cobras y las mambas merodeaban sigilosas en busca de alimento. Mma Ramotswe siempre había tenido un sueño irregular, pero había dejado de preocuparse por ello. Nunca estaba acostada y despierta durante más de una hora, y, como se iba a dormir temprano, siempre conseguía dormir un mínimo de siete horas. Una vez había leído que la gente necesitaba ocho horas de sueño y que, tarde o temprano, el cuerpo te pasaba factura. Si era así, ella ya lo compensaba durmiendo varias horas extra los sábados y no levantándose temprano los domingos. De modo que una hora perdida a las dos o las tres de la mañana no tenía demasiada importancia.

Hacía poco, mientras esperaba turno para que le trenzaran el pelo en el Make Me Beautiful Salon, había leído un artículo sobre el sueño en una revista. Al parecer, un famoso médico que sabía mucho de este tema daba algunos consejos para personas con problemas de sueño. El doctor Shapiro, que así se llamaba, tenía una clínica especialmente pensada para gente que no podía dormir, y les conectaba unos cables a la cabeza para ver qué es lo que iba mal. Mma Ramotswe se sintió intrigada: había una foto del doctor Shapiro junto a un hombre y una mujer con cara de sueño y en pijama, con un lío de cables que les salían de la cabeza. Inmediatamente sintió lástima: la mujer, en concreto, daba verdadera pena, como si la hubieran obligado a participar en un proceso tremendamente pesado y no hubiera podido evitarlo. O quizá daba pena por culpa del pijama de hospital con el que salía en la foto; tal vez esa mujer había deseado siempre salir fotografiada en una revista y ahora su fantasía se hacía realidad... con esa pinta.

Y luego, a medida que leía, se exasperó. «Las personas obesas suelen tener dificultades para dormir —decía el artículo—. Padecen una afección conocida como apnea del sueño, que consiste en una interrupción de la respiración. A dichas personas se les aconseja perder peso.»

¡Perder peso! ¿Y qué diantre tenía que ver aquí el peso? Muchas personas gordas, que ella supiera, dormían tan ricamente; por ejemplo, la que se sentaba a menudo frente a la casa de Mma Ramotswe, debajo de un árbol, y que la mayor parte del tiempo parecía dormida. ¿Debería aconsejarle a esa persona que perdiera peso? No, a ella le parecía totalmente innecesario; más aún, probablemente perder peso la haría desdichada. De ser una persona gorda que disfrutaba pasando el rato a la sombra de un árbol, la pobre pasaría a estar delgada, sin apenas trasero sobre el que sentarse, con lo cual lo más probable era que le costase dormir.

¿Y qué decir de su propio caso? Ella era una mujer gorda —o de complexión tradicional— y sin embargo hasta ahora no había tenido problema para dormir las horas necesarias. Todo formaba parte de esa ofensiva por parte de personas que no tenían nada mejor que hacer que dar consejos sobre toda clase de asuntos. Esa gente que escribía en los periódicos y hablaba por la radio estaba llena de buenas ideas sobre cómo hacer felices a los demás. Metían las narices en los asuntos ajenos y decían a los otros lo que tenían que hacer. Miraban lo que estabas comiendo y decían que no era bueno para tu salud; luego miraban cómo criabas a tus hijos y decían que eso también lo hacías mal. Y, lo que es peor, muchas veces decían que si no hacías caso de sus advertencias, te morirías. De este modo conseguían meter el miedo en el cuerpo a todo el mundo, y la gente acababa aceptando sus consejos.

Había dos objetivos principales, según lo veía ella. Primero la gente gorda, que a estas alturas empezaba a acostumbrarse a una implacable campaña en su contra; y luego los hombres. Mma Ramotswe sabía que los hombres no eran en absoluto perfectos, que muchos de ellos eran ruines, egoístas y perezosos y que, en conjunto, habían administrado África bastante mal. Pero ése no era motivo para tratarlos de mala manera, como hacían algunos. Había muchos hombres buenos, personas como el señor J.L.B. Matekoni, sir Seretse Khama (primer presidente de Botswana, estadista, jefe supremo de los bangwato) y el difunto Obed Ramotswe, antiguo minero, experto juez de ganado y, además, padre queridísimo.

Lo echaba mucho de menos, no pasaba un día, ni uno solo, en que no pensara en él. Muchas veces, cuando se despertaba por la noche y se quedaba acostada a oscuras, hurgaba en su memoria en busca de algún recuerdo de su padre que se le hubiera escapado; un retazo de conversación, un gesto, una experiencia compartida. Atesoraba todos esos recuerdos, meditaba mucho sobre ellos, eran de una importancia sacramental. Obed Ramotswe, que tanto había querido a su hija, que había ahorrado hasta el último rand, hasta el último centavo de lo que cobraba por trabajar en aquella mina cruel, y que había reunido con el tiempo un estupendo rebaño pensando en su hija, nunca había pedido nada para sí mismo. No bebía, no fumaba; solamente pensaba en ella y en su futuro.

¡Ah, si pudiera borrar los dos fatídicos años que pasó con Note Mokoti, cuando sabía que su padre querido sufría tanto, intuyendo que aquel hombre sólo iba a hacerla infeliz! Cuando ella volvió, después de que Note se marchara, y su padre al abrazarla vio la cicatriz de la última paliza, no le dijo nada, sólo interrumpió las explicaciones que ella intentaba darle.

«No tienes que contarme nada —dijo—. No hace falta que hablemos de ello. Ya pasó.»

Ella deseaba decirle que lo sentía, que debería haberle preguntado qué opinaba de Note antes de casarse con él, y seguido su consejo, pero se sentía demasiado dolida para hacerlo y él no lo habría querido.

Y recordaba la enfermedad de su padre —la misma que había matado a tantos mineros—, cuando la congestión en el pecho se fue agravando, y cómo ella le cogía la mano en su lecho de enfermo y cómo después, cuando todo hubo terminado, salió medio aturdida, con las lógicas ganas de llorar y chillar, pero soportó en silencio su aflicción; y cómo entonces había visto un pájaro que la miraba desde la rama de un árbol y cómo el pájaro había saltado a una rama superior mirándola brevemente otra vez, antes de alzar el vuelo; y recordaba que en aquel momento pasó por allí un coche rojo con dos niños en el asiento de atrás, y que los niños le dijeron adiós con la mano. Y también que el cielo estaba cubierto de unas nubes moradas que amenazaban lluvia, y que a lo lejos, sobre el Kalahari, vio relámpagos uniendo cielo y tierra. Y se acordaba de la mujer que, desconociendo el tremendo golpe que ella acababa de recibir, la llamó desde la galería del hospital: «Entre, Mma. ¡No se quede ahí! Se avecina tormenta. ¡Rápido, entre!».

No muy lejos, una avioneta que volaba hacia Gaborone fue perdiendo altura, sobrevoló la zona conocida como el Village, el grupo de comercios de Tlokweng Road y, finalmente, ya en el último minuto de su trayecto, las casas que salpicaban la sabana en los límites del aeródromo. En una de las casas había una niña mirando por la ventana. Llevaba despierta cosa de una hora, sin poder dormir, y había decidido asomarse. La silla de ruedas estaba junto a la cama y la niña había podido subirse a ella sin ayuda. Luego, impulsándose hasta la ventana, se había puesto a contemplar la noche.

Había oído el rumor del avión antes de ver sus luces. Se había preguntado qué hacía allí un avión a las tres de la mañana. ¿Cómo se podía pilotar de noche? ¿Cómo sabía el piloto por dónde iba, en medio de la infinita oscuridad? ¿Y si se equivocaba de rumbo y terminaba yendo hacia el Kalahari, donde no había luces que pudieran guiarlo y sería como meterse en una cueva oscura?

Vio cómo el aparato pasaba casi por encima de la casa y se fijó en sus alas y en el cono de luz que proyectaba la baliza de aterrizaje. El ruido del motor no era ya un zumbido lejano, sino una especie de rugido. La niña pensó que despertaría a todos, pero cuando el avión se hubo posado en el aeródromo y el motor dejó de oírse, no percibió ningún sonido dentro de la casa.

Volvió a mirar por la ventana. Había una luz a lo lejos, tal vez en el aeródromo, pero aparte de eso todo era negrura. La casa estaba situada de espaldas a la ciudad, y más allá del límite del jardín sólo había matorral, árboles y hierba y espinos, con algún que otro termitero de barro rojizo.

Se sentía sola. Había otras dos personas en la casa: su hermano pequeño, que nunca se despertaba por la noche, y el hombre que le había arreglado la silla de ruedas y después los había acogido. No le daba miedo estar en esta casa; confiaba en el hombre que los cuidaba; era un poco como el señor Jameson, el director de la sociedad que regentaba el orfelinato. Era un hombre bueno que sólo pensaba en los huérfanos y en que no les faltara de nada. Al principio, ella no entendía que pudiera haber personas así. ¿Por qué la gente se preocupaba de los demás, siendo que no eran de su familia? Ella cuidaba de su hermano, pero porque era su deber.

La monitora se lo había explicado un día.

«Debemos cuidar de los demás —le dijo—. Todos somos hermanos. Si ellos son infelices, nosotros lo somos también. Si pasan hambre, nosotros también. ¿Entiendes?»

La niña lo había aceptado. Sería su deber cuidar también de otras personas. Aunque ella no pudiera tener hijos, cuidaría de los de otros. Y quizá intentaría cuidar de este hombre bueno, el señor J.L.B. Matekoni, y procurar que en la casa todo estuviera limpio y ordenado. Ése sería su trabajo.

Había personas que tenían madres que los cuidaban. No era éste su caso, pero ¿por qué había muerto su madre? Se acordaba de ella muy vagamente. Recordaba cuando murió, y el llanto de las otras mujeres. Recordaba que le habían quitado al bebé de los brazos y lo habían dejado en el suelo. Ella lo había desenterrado, aunque no estaba muy segura de que hubiera ocurrido realmente así. Quizá fue otra persona quien lo hizo y luego le pasó el bebé a ella. Y recordaba que después había terminado en un lugar extraño.

Quizá algún día encontraría un sitio donde quedarse mucho tiempo. Eso estaría bien: saber que estabas en el sitio que te correspondía, tu lugar en el mundo.

Capítulo 13

Un problema de filosofía moral

Ciertos clientes despertaban la solidaridad de Mma Ramotswe no bien empezaban a contar su caso. Otros, en cambio, no eran dignos de solidaridad porque los movía el egoísmo o la codicia, o a veces una manifiesta paranoia. Pero los casos auténticos —aquellos que convertían el oficio de detective privado en una verdadera vocación— podían llegarte al alma. Mma Ramotswe supo que el señor Letsenyane Badule era uno de éstos.

Se presentó sin cita previa, un día después de que Mma Ramotswe regresara de su excursión a Molepolole. Era el primer día de Mma Makutsi como ayudante de detective y Mma Ramotswe le había explicado que, aunque ahora fuese detective, no debía olvidar sus deberes de secretaria.

Había intuido que era mejor abordar la cuestión antes de que fuera tarde y así evitar malentendidos.

—No puedo tener contratada a una ayudante y a una secretaria —dijo—. Esto es una agencia pequeña. No tengo muchos beneficios, eso ya lo sabe usted, que es quien envía las facturas.

Mma Makutsi recibió estas palabras con evidente desconsuelo. Se había puesto su mejor vestido y se había hecho algo en el pelo, unos como moñitos puntiagudos. No le había servido de nada.

—Entonces ¿sigo siendo la secretaria? —dijo Mma Makutsi—. ¿Sólo me ocupo de escribir a máquina?

Mma Ramotswe negó con la cabeza.

—No he cambiado de opinión —dijo—. Usted es ahora ayudante de detective. Pero alguien tiene que escribir a máquina, ¿no? Eso es trabajo para una ayudante de detective; eso y otras cosas.

Mma Makutsi pareció animarse.

—Ah, qué bien. Puedo hacer todo lo que hacía antes, pero además otras cosas. Tendré mis clientes…

Mma Ramotswe se quedó sin saber qué decir. No había considerado la posibilidad de pasarle clientes a Mma Makutsi. Su idea había sido asignarle ciertas tareas bajo su supervisión. Ocuparse de los casos era su sola responsabilidad. Pero entonces recordó algo: de niña, en Mochudi, cuando trabajaba en el almacén Small Upright General Dealer, se había puesto muy contenta la primera vez que le dejaron hacer un inventario a ella sola. No, quedarse con todos los clientes era egoísta; ¿cómo iba nadie a empezar una carrera si los que estaban más arriba se reservaban todo el trabajo interesante para ellos?

—Puede tener su propios clientes, sí —dijo—. Pero seré yo quien decida cuáles se queda. Al principio, quizá no serán muy importantes. Puede empezar por pequeños asuntos, y con el tiempo…

—Me parece justo —dijo Mma Makutsi—. Gracias, Mma. No quiero correr más de la cuenta. Pasito a paso. Eso nos lo enseñaron en la Escuela de Secretariado de

Botswana. Primero aprender lo fácil, y después lo difícil. No al revés.

—Una buena filosofía —dijo Mma Ramotswe—. A muchos jóvenes de ahora no les enseñan así. Quieren triunfar a las primeras de cambio. Quieren empezar la casa por el tejado, cobrar un gran sueldo y tener un Mercedes-Benz.

—Así no se va a ninguna parte. Cuando se es joven hay que hacer las cosas pequeñas y luego, poco a poco, ir pasando a cosas más grandes.

—Ahora que lo pienso —dijo Mma Ramotswe—, los Mercedes-Benz no han sido una buena cosa para África. Tengo entendido que son unos coches muy buenos, pero todos los ambiciosos de África quieren tener uno sin habérselo ganado. Y eso ha sido causa de grandes problemas.

—Cuantos más Mercedes-Benz hay en un país —apostilló Mma Makutsi—, peor es ese país. Si existe uno donde no haya Mercedes-Benz, estoy segura de que será un buen país donde vivir.

Mma Ramotswe miró a su ayudante. Una curiosa teoría, que tendrían ocasión de discutir ampliamente más adelante. Mientras tanto, quedaban todavía por resolver dos o tres asuntos.

—Seguirá ocupándose de hacer el té —dijo con firmeza—. Eso se le da muy bien.

—Me gusta mucho hacerlo —dijo, risueña, Mma Makutsi—. No hay razón para que una ayudante de detective no pueda preparar té cuando no hay otro subalterno que lo haga.

La discusión había sido incómoda y Mma Ramotswe se alegraba de que hubiera concluido. Pensó que lo mejor sería darle un caso cuanto antes a su nueva ayudante y así evitar que se acumulara la tensión, de modo que cuando a media mañana apareció el señor Letsenyane Badule, dispuso que Mma Makutsi se ocupara del caso.

El hombre llegó en un Mercedes-Benz, pero era un coche antiguo y, por tanto, carente de importancia moral, aparte del óxido en la solera de las puertas de atrás y la abolladura en la del conductor.

—No soy de los que suelen acudir a detectives privados —explicó el hombre, sentándose nervioso en el borde de la confortable silla reservada a los clientes. Frente a él, las dos mujeres sonrieron para tranquilizarlo; la gorda (sabía que ella era la jefa porque había visto su foto en el periódico) y esa otra con el pelo raro y el extravagante vestido, que quizá era la ayudante.

—No tiene por qué sentirse avergonzado —dijo Mma Ramotswe—. Por esa puerta entra toda clase de personas. No hay nada deshonroso en solicitar ayuda.

—De hecho —intervino Mma Makutsi—, son las personas fuertes las que piden ayuda; son las débiles las que tienen demasiada vergüenza para venir aquí.

Mma Ramotswe asintió. El cliente pareció más tranquilo después de escuchar a Mma Makutsi. Buena señal. No todo el mundo sabe cómo hacer que un cliente se sienta a gusto, y era un buen augurio que Mma Makutsi se hubiese mostrado capaz de elegir bien las palabras.

El señor Badule aflojó la mano con que apretaba su sombrero y se retrepó en la silla.

—Hace tiempo que estoy preocupado —dijo—. Me despierto por las noches y ya no puedo conciliar el sueño. Me quedo en la cama dando vueltas sin poder quitarme esta idea de la cabeza. Está allí todo el tiempo y no me deja tranquilo. Es sólo una pregunta que me repito a mí mismo una vez y otra.

—¿Y nunca da con la respuesta? —dijo Mma Makutsi—. La noche es un mal momento para esas preguntas que no tienen respuesta.

El señor Badule la miró.

—Tiene toda la razón, hermana. No hay cosa peor que una pregunta nocturna.

Se produjo un breve silencio, y fue Mma Ramotswe quien lo rompió.

—¿Por qué no nos cuenta algo de usted? Un poco más adelante quizá podamos abordar esa pregunta que tanto lo inquieta. Pero antes, mi ayudante preparará un poco de té para los tres.

El señor Badule asintió con energía. Por algún motivo, parecía a punto de echarse a llorar, y Mma Ramotswe sabía que el ritual del té conseguiría de alguna manera que la historia fluyera por sí sola, mitigando así la congoja del pobre hombre.

Yo no soy nadie importante, empezó el señor Badule. Procedo de Lobatse. Mi padre fue ordenanza del Tribunal Supremo durante muchos años. Trabajaba para los británicos, que le concedieron dos medallas con la imagen de la reina. Siempre las llevaba puestas, incluso después de jubilarse. Cuando dejó su empleo, uno de los jueces le regaló una azada para que la utilizara en sus tierras. El juez había encargado esa azada al taller de la prisión, y los presos, siguiendo sus instrucciones, habían grabado una inscripción en el mango de madera con un punzón. La inscripción decía: Ordenanza de primera Badule, sirvió lealmente a su majestad la reina y luego a la República de Botswana durante cincuenta años. Buen trabajo, funcionario de probada confianza, de parte del juez Maclean, magistrado del Tribunal Supremo de Botswana.

El juez era un hombre bueno y lo fue también conmigo. Habló con uno de los padres del colegio católico y me dieron una plaza en cuarto curso. Trabajé de firme, y el día que informé de que uno de los alumnos había robado carne de la cocina, me nombraron subdelegado de clase.

Me saqué el certificado de la Escuela de Cambridge y después conseguí un buen empleo en la Comisión de Carne. Allí también trabajé duro y de nuevo informé de que algunos empleados robaban carne. No lo hice porque buscara un ascenso, sino porque soy de los que repelen cualquier forma de deshonestidad. Eso es algo que aprendí de mi padre. Como ordenanza del Tribunal Supremo, vio a toda clase de gente mala, incluidos asesinos. Los veía en el tribunal diciendo mentiras porque sabían que les había llegado el momento de pagar por sus fechorías. Los veía cuando los jueces los condenaban a muerte, y veía cómo unos hombres grandes y fuertes que habían golpeado y acuchillado a otros se volvían como críos, se echaban a llorar y pedían perdón por todas sus malas acciones, acciones que poco antes habían negado haber cometido.

Así, no es de extrañar que mi padre enseñara a sus hijos a ser honrados y a decir siempre la verdad. De modo que yo no dudé en llevar a esos empleados deshonestos ante la justicia, y mis patronos estaban muy satisfechos de mí.

«Ha impedido que esas malas personas robaran la carne de Botswana —me decían—. Nosotros no podemos ver lo que hace el personal. Nos ha prestado usted un gran servicio.»

Yo no esperaba ninguna recompensa, pero el caso es que me ascendieron. Y en mi nuevo cargo en la oficina central, encontré a gente que también robaba carne, esta vez de un modo más sutil e inteligente. Pero era un robo, a fin de cuentas. Escribí una carta al director general donde decía: «Así es como están perdiendo ustedes carne, ante sus propios ojos, en la oficina central». Y al pie de la carta puse los nombres, por orden alfabético, firmé y la envié.

Les gustó mucho mi gesto y, poco después, fui ascendido de nuevo. A estas alturas, todo aquel que tenía impulsos deshonestos había acabado marchándose, de modo que yo ya no tenía que ocuparme de esas cosas. Pero seguí trabajando duro, y al final, con el dinero ahorrado, compré una carnicería. La empresa me había dado un sustancioso finiquito, diciendo que lamentaban mucho mi partida, y yo monté mi negocio a las afueras de Gaborone. Puede que lo hayan visto en la carretera de Lobatse. Se llama Honest Deal Butchery.*

La carnicería va bastante bien, pero no me sobra el dinero. Y el motivo es mi esposa. Es una mujer muy elegante, le gusta vestir a la moda y, en cambio, no le gusta

* Carnicería El Trato Honesto. (*N. del T.*)

144

mucho trabajar. A mí no me importa que ella no trabaje, pero me molesta ver que gasta tanto dinero en trenzarse el pelo y en encargar vestidos nuevos al sastre indio. Yo no soy nada elegante, pero ella sí, y mucho.

Después de casarnos, pasamos muchos años sin tener hijos, pero luego ella quedó embarazada y tuvimos un varón. Yo estaba muy orgulloso y lo único que me apenaba era que mi padre no hubiera vivido lo suficiente para ver a su nuevo nieto.

Mi hijo no es muy inteligente. Lo enviamos a la escuela primaria que hay cerca de nuestra casa, y siempre nos decían que debía esforzarse más y que su caligrafía era muy descuidada y llena de errores. Mi esposa sugirió enviarlo a un colegio privado, donde tendría mejores maestros que lo obligarían a escribir como era debido, pero a mí me preocupaba el gasto.

Cuando se lo dije, se puso como una fiera. «Si no puedes pagar ese colegio —me dijo—, acudiré a una asociación benéfica que conozco y haré que paguen la matrícula.»

«No hay asociaciones como ésas —repliqué yo—. Si las hubiera, estarían desbordadas. Todo el mundo quiere mandar a sus hijos a un colegio privado. Todos los padres de Botswana harían cola. No, es imposible.»

«Conque imposible, ¿eh? —dijo ella—. Mañana hablaré con una que conozco yo, y ya verás. Tú espera y verás.»

Al día siguiente fue a la ciudad y cuando volvió dijo que todo estaba arreglado. «La asociación pagará todos los gastos para que el niño vaya a Thornhill. Puede empezar el próximo trimestre.»

Me quedé de una pieza. Como ustedes saben, Thornhill es un colegio muy bueno, y pensar que mi hijo podía estudiar allí me entusiasmó. Pero estaba intrigado por saber cómo había conseguido mi esposa que una asociación benéfica corriera con los gastos, y cuando le pedí detalles a fin de escribirles dando las gracias, ella respondió que era una asociación secreta.

«Hay ciertas asociaciones benéficas que no desean proclamar a bombo y platillo sus buenas acciones —dijo—. Me han pedido que no lo cuente a nadie. Pero si quieres darles las gracias, puedes escribir una carta y yo misma iré a entregarla en mano.»

Escribí la carta, pero no obtuve respuesta.

«Están demasiado ocupados como para escribir a todos los padres a los que ayudan —dijo mi mujer—. No entiendo de qué te quejas. Ellos pagan el colegio, ¿no? Deja de molestarlos con tantas cartas.»

Yo sólo había escrito una, pero mi esposa siempre exagera las cosas, al menos en lo que respecta a mí. Me acusa de comer «calabazas a centenares», cuando de hecho como menos calabazas que ella. Dice que cuando ronco hago más ruido que un aeroplano, y no es verdad. Dice que siempre estoy gastando dinero en el perezoso de mi sobrino y enviándole mil pulas todos los años. En realidad, sólo le doy cien por su cumpleaños y otras cien en Navidad. No sé de dónde saca mi mujer eso de las mil pulas, como tampoco sé de dónde saca ella todo el dinero para sus modelitos. Me dice que ahorra con los gastos de la casa, pero a mí las cuentas no me cuadran. Ya volveré después sobre este tema.

Pero no me interpreten mal, señoras. No soy de esos maridos a los que no les gusta su mujer. Soy muy feliz con ella. Cada día pienso en la suerte que tengo de estar casado con una mujer tan elegante, una mujer que hace volver cabezas cuando va por la calle. Muchos carniceros están casados con mujeres que no tienen un aspecto muy sofisticado, pero no es mi caso. Yo soy el carnicero con una esposa superdespampanante, lo cual me hace sentir orgulloso.

También estoy orgulloso de mi hijo. Cuando empezó en Thornhill iba mal en todas las asignaturas y me temí que lo rebajarían de curso. Pero cuando hablé con la profesora, me dijo que no me preocupara, que el chico era muy listo y que en seguida se pondría a la altura de los otros. Dijo también que los niños inteligentes siempre podían superar las primeras dificultades si se decidían a trabajar de firme.

A mi hijo le gustó el colegio. Pronto empezó a sacar muy buenas notas en matemáticas, y su caligrafía mejoró tanto que hasta parecía la de otro. Hizo un trabajo que todavía conservo, se titula «Las causas de la erosión en Botswana». Un día, si usted quiere, se lo puedo enseñar. Es un trabajo bonito de verdad, y creo que si mi hijo sigue así, algún día será ministro de Minas o quizá de Recursos Hidráulicos. ¡Y pensar que es nieto de un ordenanza e hijo de un vulgar carnicero!

Estarán pensando: ¿De qué se queja este hombre? Tiene una esposa elegante y un hijo inteligente. Posee una carnicería propia. ¿Por qué se queja? Yo entiendo que alguien pueda pensar así, pero eso no me hace en absoluto menos desdichado. Me despierto cada noche con el mismo pensamiento. Cada día, cuando vuelvo del trabajo, veo que mi mujer todavía no está en casa y me pongo a esperar hasta que dan las diez o las once; la ansiedad me corroe las tripas. Y es que, verán ustedes, la verdad del asunto es que creo que mi mujer se entiende con otro hombre. Sé que hay muchos maridos que dicen eso y luego resulta que son imaginaciones suyas —ojalá sea yo uno de ésos—, pero no voy a tener un poco de paz hasta que salga de dudas.

Cuando el señor Letsenyane Badule hubo partido en su viejo Mercedes-Benz, Mma Ramotswe miró a Mma Makutsi y sonrió.

—Muy sencillo —dijo—. Es un caso muy sencillo, me parece a mí. Yo creo que debería usted poder resolverlo sin ningún problema.

Mma Makutsi volvió a su mesa alisando la tela de su elegante vestido azul.

—Gracias, Mma —dijo—. Me esforzaré por hacerlo lo mejor posible.

Mma Ramotswe asintió con la cabeza

—Sí —dijo—. Un simple caso de marido preocupado y esposa aburrida. Una vieja historia. Leí en una revista que es justo el tipo de historia que a los franceses les gusta leer. Hay una muy famosa sobre una tal Mma Bovary, que era ni más ni menos así, una señora que vivía en el campo y que no le gustaba estar casada con un hombre tan soso.

—Yo creo que es mejor estar casada con un hombre soso —dijo Mma Makutsi—. Esta Mma Bovary fue muy tonta. Los hombres sosos hacen buenos maridos. Siempre son fieles, nunca se van con otras. Usted tiene suerte de haberse prometido con un…

Calló, pero demasiado tarde. No es que considerara al señor J.L.B. Matekoni un hombre soso; era muy responsable, era mecánico, y sería un marido totalmente satisfactorio. Eso había pretendido decir; no quería insinuar que fuera soso.

Mma Ramotswe se la quedó mirando.

—¿Con un qué? —preguntó—. Tengo suerte de haberme prometido con un…

Mma Makutsi se miró los zapatos. Estaba acalorada y confusa. Los zapatos, que eran su mejor par, unos con tres botones brillantes en el empeine, le devolvieron la mirada, como acostumbran hacer los zapatos.

Entonces Mma Ramotswe se echó a reír.

—Descuide —dijo—. Sé lo que ha querido decir, Mma Makutsi. Puede que el señor J.L.B. Matekoni no sea el hombre más elegante de Gaborone, pero sí uno de los mejores que hay. Se puede confiar en él plenamente. Nunca te decepciona. Y sé que él jamás tendría secretos conmigo, eso es muy importantte.

Agradecida a la comprensión de su jefa, Mma Makutsi se apresuró a darle la razón.

—Sí, es la clase de hombre que más conviene a una mujer. Si alguna vez tengo la suerte de encontrarme con un hombre así, espero que me pida que me case con él.

Volvió a mirarse los zapatos, y éstos a mirarla a ella. Los zapatos, pensó, son realistas; parece que me estén diciendo: «Ni por ésas. Perdona, pero lo tienes mal».

—Bueno —dijo Mma Ramotswe—, dejemos el tema de los hombres en abstracto y volvamos al señor Badule. ¿Qué opina, Mma? El libro del señor Andersen dice que es necesario tener una hipótesis de trabajo. Debe proponerse demostrar o refutar algo concreto. Estamos de acuerdo en que Mma Badule parece aburrirse, pero ¿cree usted que eso es todo?

Mma Makutsi frunció el entrecejo.

—Yo diría que hay gato encerrado. Ella recibe dinero de alguna parte, es decir, de un hombre. Es ella quien está pagando el colegio con el dinero que ha ahorrado.

Mma Ramotswe estuvo de acuerdo.

—Lo único que tiene que hacer es seguirla un día y ver adónde va. Puede que la conduzca directamente a ese desconocido. Luego fíjese en el rato que pasa con él y hable usted con la asistenta. Dele cien pulas y seguro que ella se lo cuenta todo. A las criadas les gusta hablar de lo que se cuece en casa de sus señores. Éstos las ignoran, creyendo que ni oyen ni ven. Y luego, un día, descubren que la criada ha estado oyendo y viendo todos sus secretos y se muere de ganas por contárselos al primero que pase. Ella se lo contará todo, estoy convencida. Y después se lo explicamos al señor Badule.

—Ésa es la parte que no me va a gustar —dijo Mma Makutsi—. Todo lo demás no me importa, pero hablarle a ese pobre hombre de las tropelías de su mujer no va a ser cómodo.

—Usted no se preocupe —dijo Mma Ramotswe—. Casi siempre que un detective tiene que decir algo desagradable a un cliente, el cliente ya lo sabe o lo intuye.

Nosotros sólo aportamos la prueba que el cliente está buscando. El cliente lo sabe todo; nosotros no le decimos nada nuevo.

—Aun así —dijo Mma Makutsi—. Pobre hombre...

—Sí, pero recuerde: por cada mujer que engaña a su marido, en Botswana hay quinientos cincuenta maridos que engañan a sus esposas.

Mma Makutsi lanzó un silbido.

—Eso es mucho —dijo—. ¿Dónde ha leído esa estadística?

—En ninguna parte —rió Mma Ramotswe—. Me la he inventado, pero eso no quita que sea la pura verdad.

Fue maravilloso para Mma Makutsi el momento de ponerse en marcha para resolver su primer caso. No tenía permiso de conducir y tuvo que pedirle a su tío, que había conducido un camión del gobierno antes de jubilarse, que la llevara en el viejo Austin que solía alquilar (junto con sus servicios de chófer) para bodas y funerales. El tío, entusiasmado de participar en una investigación detectivesca, se puso unas gafas oscuras en consonancia con la misión.

Partieron temprano y se dirigieron a la casa contigua a la carnicería del señor Badule. Era un *bungalow* venido a menos, todo él rodeado de asiminas y con un tejado de chapa pintado de gris plata que parecía necesitado de mantenimiento. El patio estaba prácticamente vacío, aparte de las asiminas y unas cannas marchitas frente a la fachada. En la parte de atrás, pegados a una cerca de alambre que delimitaba la propiedad, estaban los aposentos del servicio y un cobertizo para coches.

No fue fácil encontrar un buen sitio donde apostarse a la espera, pero al final Mma Makutsi pensó que si aparcaban al doblar la esquina quedarían semiocultos por el pequeño puesto de comida donde vendían mazorcas asadas, tiras de cecina sembradas de moscas y —para quienes querían una verdadera golosina— deliciosos pinchos de gusanos mopani. Un coche podía muy bien estar aparcado allí; era una buen sitio para encuentros de enamorados, o para alguien que esperara la llegada de algún pariente venido del campo en los desvencijados autobuses que se afanaban por la carretera de Francistown.

El tío estaba muy nervioso y encendió un cigarrillo.

—He visto montones de películas así —dijo—. Nunca pensé que acabaría haciendo este trabajo, y mucho menos aquí, en Gaborone.

—Ser detective privado no siempre es muy apasionante —le advirtió su sobrina—. Hemos de tener paciencia. Gran parte del trabajo consiste en quedarse aquí sentados esperando.

—Sí, ya lo sé. Eso también lo he visto en el cine. He visto detectives comiéndose un bocadillo en el coche, mientras esperan. Y luego empiezan los tiros…

Mma Makutsi arqueó una ceja.

—En Botswana no hay tiros —dijo—. Esto es un país civilizado.

Permanecieron un rato en amigable silencio mientras observaban el ir y venir de la gente. A las siete, la puerta de la casa de los Badule se abrió y un chico vestido con el clásico uniforme del colegio Thornhill se quedó un momento allí de pie, ajustándose la correa de la mochila, y luego echó a andar por el sendero que llevaba a la verja de entrada. Una vez allí, torció airosamente hacia la izquierda y enfiló la calle.

—Es el hijo —dijo Mma Makutsi bajando la voz, aunque nadie podría haberlos oído—. Estudia en Thornhill con una beca. Es un chico inteligente y tiene una letra muy bonita.

Todo esto pareció interesar al tío.

—¿Te parece que lo anote? —preguntó—. Puedo llevar un registro de todo lo que pasa.

Mma Makutsi se disponía a explicarle que no sería necesario, pero cambió de parecer. Así su tío estaría entretenido, y no había nada de malo en ello.

El tío se sacó un trozo de papel del bolsillo, escribió: «El chico de los Badule sale de casa a las siete en punto de la mañana y va camino del colegio a pie». Le enseñó la nota a Mma Makutsi, y ella asintió con la cabeza.

—Servirías para detective. Qué pena que seas demasiado viejo…

Veinte minutos más tarde, el señor Badule salió de la casa y se dirigió a la carnicería. Abrió la puerta con su llave y dejó entrar a los dos ayudantes, que estaban esperando bajo un árbol. A los pocos minutos uno de ellos, llevando ahora un mandil muy manchado de sangre, salió con una bandeja de acero inoxidable de grandes dimensiones y procedió a limpiarla bajo el grifo que había en un costado del edificio. Entonces llegaron dos clientes, uno a pie por la calle y el otro en el minibús que se había detenido más allá del puesto de comida.

«Entran clientes en la carnicería —escribió el tío—. Luego se van, llevan paquetes. Probablemente carne.»

De nuevo le mostró la nota a su sobrina, quien asintió con gesto de aprobación.

—Estupendo. Muy útil. Pero lo que nos interesa es la mujer. No creo que tarde en hacer algo.

Esperaron cuatro horas más. Luego, a eso de las doce, cuando el calor dentro del coche era ya insoportable, y justo cuando Mma Makutsi había agotado su paciencia con las constantes anotaciones de su tío, vieron salir de la parte de atrás a Mma Badule y dirigirse al garaje. Luego montó en el viejo Mercedes-Benz y salió marcha atrás hasta la calle. El tío giró la llave de contacto, arrancó y empezó a seguir al Mercedes-Benz, a distancia prudencial, camino de la ciudad.

Mma Badule conducía rápido y no le fue fácil al tío conservar la distancia con su viejo Austin, pero aun así la tuvieron a la vista cuando se metió en el camino particular de una casa de grandes dimensiones en Nyerere Drive. Pasaron de largo despacio y pudieron verla apearse del coche y caminar hacia la galería. Después, la exuberante vegetación del jardín —nada que ver con las míseras asiminas de la casa del carnicero— les tapó la vista.

Pero había valido la pena. Doblaron la primera esquina y aparcaron a la sombra de un jacarandá.

—¿Qué hacemos ahora? —preguntó el tío—. ¿Esperar hasta que salga?

Mma Makutsi no lo tenía claro.

—Creo que no vale la pena quedarnos aquí metidos —dijo—. Nos interesa más lo que sucede en esa casa.

Se acordó del consejo de Mma Ramotswe. La mejor fuente de información era sin duda el servicio doméstico, siempre y cuando se los persuadiera para que hablaran. Era la hora de almorzar y las asistentas estarían atareadas en la cocina. Pero dentro de una o dos horas, ellas también tendrían su momento para comer y volverían a sus aposentos. Se podía llegar a éstos fácilmente siguiendo el estrecho callejón de salubridad que pasaba por detrás de las fincas. Ése sería el momento para abordarlas y ofrecerles los flamantes billetes de cincuenta pulas que Mma Ramotswe le había entregado la tarde anterior.

El tío quería acompañarla y Mma Makutsi no lo tuvo fácil para convencerlo de que iría ella sola.

—Puede ser peligroso —dijo su tío—. Quizá necesites protección.

Ella desdeñó sus reservas:

—¿Peligroso, dices? ¿Desde cuándo es peligroso hablar con dos asistentas en medio de Gaborone y a plena luz del día?

Él no supo qué responder, pero sin embargo pareció inquieto cuando ella lo dejó en el Austin y se metió por el callejón hasta la puerta de atrás. La vio que dudaba un momento al llegar al pequeño edificio blanqueado donde vivía el servicio, y que luego caminaba hacia la puerta. Ahí dejó de verla. Sacó el lápiz, consultó su reloj e hizo esta anotación: «Mma Makutsi entra en los aposentos del servicio a las 14:10».

Había dos, tal como ella esperaba. Una era mayor que la otra y tenía patas de gallo a ambos lados de los ojos. Era una mujer de busto prominente, con un vestido verde de criada y unos gastados zapatos blancos como los que usan las enfermeras. La más joven, que aparentaba unos veinticinco años, la edad de Mma Makutsi, llevaba una bata de color rojo y tenía un rostro huraño y estropeado. Con otra ropa, y maquillada, no habría desentonado como chica de bar. Quizá lo es, pensó Mma Makutsi.

Se la quedaron mirando las dos, la más joven con un gesto descarado.

—*Ko ko* —dijo Mma Makutsi educadamente, usando el saludo que sustituía llamar a la puerta cuando no había puerta a la que llamar. Era necesario, pues aunque las dos mujeres no estaban dentro de su casa, tampoco estaban exactamente fuera, sino sentadas en sendos taburetes en el estrecho porche que había en la parte delantera de la casa.

La mayor de las dos la miró detenidamente, haciendo visera con la mano para protegerse los ojos del fuerte sol de primera hora de la tarde.

—*Dumela*, Mma. ¿Está usted bien?

Una vez intercambiados los saludos formales, se produjo un silencio. La más joven hurgó con un palo en una pequeña cacerola renegrida.

—Quería hablar con ustedes, hermanas —dijo Mma Makutsi—. Necesito información acerca de la mujer que acaba de venir a esta casa, la que conduce ese Mercedes-Benz. ¿La conocen?

A la más joven se le cayó el palo. La otra asintió con la cabeza.

—Sí, la conocemos.

—¿Quién es?

La joven recuperó el palo y miró a Mma Makutsi.

—¡Ésa es una mujer muy importante! Viene aquí, a la casa, y se sienta a tomar el té. Es todo lo que hay que saber.

La otra rió.

—Pero también es una señora muy cansada —dijo—. La pobre trabaja tanto que tiene que pasarse el día en la alcoba, para recuperar fuerzas.

A la más joven, este comentario le produjo un ataque de risa.

—¡Desde luego! —dijo—. En esa alcoba se descansa mucho. Él la ayuda a descansar sus pobres piernas. Pobre mujer…

Mma Makutsi se sumó a las carcajadas. Supo de inmediato que la cosa iba a resultar mucho más fácil de lo que había imaginado. Mma Ramotswe, como de costumbre, tenía razón; a la gente le gustaba hablar y, concretamente, hablar de personas que les caían mal o los fastidiaban por algún motivo. Lo único que había que hacer era averiguar el agravio, y el agravio haría el resto. Palpó los dos billetes de cincuenta que llevaba en el bolsillo; a lo mejor no haría falta usarlos. En tal caso, le pediría a Mma Ramotswe si podía darle el dinero a su tío.

—¿Quién es el hombre que vive en esta casa? —preguntó—. ¿No tiene esposa?

Las dos criadas intercambiaron risitas.

—Sí, claro que tiene —dijo la mayor—. Vive en el pueblo, cerca de Mahalapye. Va allí los fines de semana. La señora de aquí es su esposa de la ciudad.

—¿Y la esposa del campo sabe que existe la de la ciudad?

—No —respondió la mayor—. No le gustaría. Es católica y tiene mucho dinero. Su padre era propietario de cuatro tiendas y compró una granja muy grande. Luego hicieron unas excavaciones en la granja y tuvieron que pagarle mucho dinero a la mujer. Así es como pudo comprar esta casa enorme para su marido. Pero a ella no le gusta Gaborone.

—Es de esas personas a las que no les gusta abandonar el pueblo —terció la más joven—. Hay gente así. Permite que su marido viva aquí para dirigir no sé qué negocio que es propiedad de ella. Pero cada viernes él tiene que volver al pueblo, como el niño del internado que va de fin de semana a su casa.

Mma Makutsi miró el hervidor. Era un día muy caluroso y se preguntó si le ofrecerían té. Por suerte, la mayor de las dos se dio cuenta de adónde miraba y la invitó.

—Y le diré otra cosa —continuó la más joven mientras encendía el hornillo de petróleo—. Yo le escribiría una carta a la esposa contándole lo de esa mujer, pero me da miedo quedarme sin empleo.

—Él nos amenazó —dijo la otra—. Dijo que si se lo contábamos a su esposa, nos pondría de patitas en la calle. Paga bien, el hombre. Es el que mejor paga de toda esta calle. No queremos perder este empleo, de modo que mantenemos la boca cerrada…

En ese momento calló, y las dos se miraron, angustiadas.

—Pero ¿qué hemos hecho? —gimió la joven—. ¿Por qué le hemos explicado todo esto? ¿Es de Mahalapye,

Mma? ¿La envía la mujer del señor? ¡Esto es el fin! ¡Qué estúpidas hemos sido!

—No, no —dijo rápidamente Mma Makutsi—. Yo no conozco a esa mujer. Ni siquiera sabía que existiera. El marido de la otra mujer me ha pedido que averiguara qué se trae ella entre manos. Nada más.

Las criadas se calmaron un poco, pero la mayor de las dos aún parecía preocupada.

—Si le cuenta lo que pasa aquí, él vendrá a interponerse entre su esposa y el señor, y puede que éste le diga a la esposa de verdad que su marido tiene otra mujer. Estaremos fastidiadas igual. No hay ninguna diferencia.

—No —dijo Mma Makutsi—. Yo no tengo por qué contarle lo que está pasando. Podría decirle que ella se ve con otro hombre pero que no sé quién es. ¿A él qué más le dará? Lo único que necesita saber es que ella le es infiel. No importa con quién.

La más joven le susurró algo a la otra, y ésta frunció el entrecejo.

—¿Qué ocurre? —preguntó Mma Makutsi.

La mayor de las dos levantó la vista.

—Mi hermana me estaba preguntando por el chico. Verá, hay un chico que es hijo de la mujer elegante. Ella no nos cae bien, pero el chico sí. Y resulta que es hijo del señor, no del otro hombre. Tienen los dos la nariz muy grande. No hay ninguna duda. Basta mirarlos para darse cuenta de que son padre e hijo. Aunque el chico viva en casa del otro, el padre es el que vive en esta casa. Cuando sale del colegio, el chico viene aquí, y su madre le ha dicho que no le diga nunca a su otro padre que viene aquí por las tardes. Y él guarda el secreto, qué va a hacer. Pero eso está mal. No se puede enseñar de este modo a los muchachos. ¿Qué será de este país, Mma, si enseñamos a los chicos a comportarse así? ¿Adónde irá a parar Botswana con tantos chicos mentirosos? Seguro que Dios nos castigará, ¿no le parece?

Mma Makutsi regresó pensativa al Austin que esperaba en su lugar sombreado. El tío se había echado a dormir y estaba babeando un poco. Ella le tocó ligeramente una manga y el hombre despertó sobresaltado.

—¡Oh! ¡Estás sana y salva! Me alegro de que hayas vuelto.

—Ya podemos irnos —dijo Mma Makutsi—. He averiguado todo lo que necesitaba saber.

Fueron directamente a la 1ª Agencia de Mujeres Detectives. Mma Ramotswe había salido, de modo que Mma Makutsi pagó a su tío con uno de los billetes de cincuenta y se sentó a redactar su informe.

«Los temores del cliente se han visto confirmados —escribió—. Su esposa se entiende con otro hombre desde hace muchos años. Se trata del marido de una mujer rica, que también es católica. La mujer rica no sabe nada. El chico es hijo de este hombre, y no de nuestro cliente. No sé muy bien cómo actuar, pero creo que tenemos las siguientes alternativas:

a) Decirle al cliente todo lo que hemos averiguado. Es lo que él nos ha pedido. De no hacerlo, estaremos induciéndolo a error. Al aceptar este caso, ¿no prometimos acaso contárselo todo? Si es así, entonces hay que hacerlo, porque debemos cumplir nuestra palabra. Si no cumplimos nuestra palabra, entonces no habrá ninguna diferencia entre Botswana y cierto país de África que prefiero no nombrar ahora pero que sé que usted conoce.

b) Decirle al cliente que hay otro hombre pero que no sabemos quién es. Estrictamente es la verdad puesto que yo no averigüé el nombre de esa persona, aunque sí sé en qué casa vive. No me gusta mentir; soy una mujer que cree en Dios, pero a veces Dios espera que meditemos sobre las consecuencias de decir algo a alguien. Si le explicamos al cliente que ese chico no es su hijo, a buen seguro se pondrá muy triste. Será como si perdiera un hijo. ¿Le hará eso más feliz? ¿Querría Dios que ese hombre fuera más desdichado? Y si le contamos esto al cliente, y se produjese una pelea, quizá entonces el padre ya no pueda seguir pagando el colegio del chico, como ha hecho hasta ahora. La mujer rica podría impedírselo y el chico sufriría las consecuencias. Tendría que abandonar el colegio.

Por todo lo cual, no sé qué paso dar.»

Firmó el informe y lo dejó sobre la mesa de Mma Ramotswe. Luego se levantó para acercarse a la ventana y contempló el cielo sofocado de calor, más arriba de las acacias. Sí, estaba muy bien ser un producto de la Escuela de Secretariado de Botswana, y haber sacado un 97 por ciento en los exámenes finales, pero allí no enseñaban filosofía moral, y ella no sabía cómo resolver el dilema que se le presentaba tras su exitosa investigación. Tendría que dejárselo a Mma Ramotswe; era una mujer sabia y mucho más experimentada. Seguro que sabría qué hacer.

Mma Makutsi se preparó un té rooibos y se repantigó en la silla. Miró sus zapatos, con sus tres centelleantes botones. ¿Sabían ellos la respuesta? Podía ser que sí.

Capítulo 14

Excursión a la ciudad

La misma mañana en que Mma Makutsi llevaba a cabo su notable aunque turbadora investigación sobre los asuntos del señor Letsenyane Badule, el señor J.L.B. Matekoni, propietario de Speedy Motors en Tlokweng Road e indudablemente uno de los mejores mecánicos de Botswana, decidió llevar a sus recién acogidos hijastros de compras por la ciudad. Su llegada a la casa había desconcertado a su arisca asistenta, Mma Florence Peko, y lo había sumido a él en un estado de duda y alarma rayano en el pánico. No pasaba todos los días que fueras a reparar un motor diésel y volvieras con dos niños, uno de los cuales en silla de ruedas, y con la tácita obligación moral de cuidar de ellos hasta que fueran mayores y, en el caso de la niña discapacitada, durante el resto de su vida. Aún no le cabía en la cabeza cómo se había dejado convencer por Mma Silvia Potokwane, la exaltada supervisora del orfelinato. Sí, sabía que lo habían hablado antes y que él había dicho que sí, pero ¿cómo se había dejado comprometer allí mismo a hacerlo? Mma Potokwane era como un abogado astuto en pleno interrogatorio: primero conseguía que el testigo declarara una cosa inocua, y el testigo,

163

sin darse cuenta, acababa admitiendo otra cosa completamente distinta.

Pero los niños ya estaban en su casa y no se podía hacer nada al respecto. Mientras contemplaba la montaña de papeles por ordenar en su oficina de Tlokweng Road, el señor J.L.B. Matekoni tomó dos decisiones. Una era contratar a una secretaria —decisión que, incluso en el momento de tomarla, sabía que nunca pondría en práctica—, y la segunda dejar de preocuparse por que los niños estuvieran en la casa y concentrarse en hacer lo que fuera mejor para ellos. Después de todo, si uno consideraba la situación en un estado de ánimo sereno, poniéndole distancia, tenía muchas cosas a favor. Eran buenos niños —bastaba con oír la historia de la niña para entenderlo— y ahora su vida había dado un giro repentino y drástico hacia mejor. Si ayer eran sólo dos niños más entre los ciento cincuenta del orfelinato, hoy vivían en una casa propia, con habitaciones para ellos solos, y tenían un padre —¡sí, él ahora era el padre!— propietario de un taller mecánico. No había escasez de dinero; aunque no era un hombre muy rico, el señor J.L.B. Matekoni vivía holgadamente. No debía ni un solo *thebe* por el taller; la casa no estaba sujeta a fianza; y las tres cuentas que tenía en el banco Barclays de Botswana estaban repletas de pulas. El señor J.L.B. Matekoni podía mirar a la cara a cualquier miembro de la Cámara de Comercio de Gaborone y decir: «Nunca les he debido ni un solo penique». ¿Cuántos empresarios, grandes o pequeños, podían decir esto hoy en día? La mayoría de ellos vivían de préstamos, rindiendo pleitesía a aquel presumido de Timon Mothokoli, que era quien controlaba los créditos en el banco. Había oído decir que si el señor Mothokoli iba de su casa en Kaunda Way al trabajo, no menos de cinco personas de las que vivían en esa calle temblaban al verle pasar. En cambio, el señor J.L.B. Matekoni, si le daba la gana, podía ignorarlo tranquilamente si se topaba con él en el centro comercial, aunque no habría hecho nunca una cosa así, claro.

Entonces, pensó, si soy tan solvente, ¿por qué no invertir una parte del dinero en los niños? Les buscaría una escuela, por supuesto, y no había además ningún motivo para que no pudieran ir a un colegio privado. Allí tendrían buenos profesores, gente que sabía mucho de Shakespeare y de geometría. Los niños aprenderían todo lo necesario para conseguir después un buen empleo. Quizá el chico... No, eso era esperar demasiado, pero la idea le pareció deliciosa. Quizá el chico mostraría aptitutes para las máquinas y con el tiempo acabaría tomando las riendas del taller de Tlokweng Road. Por unos momentos, el señor J.L.B. Matekoni se dejó llevar por esa fantasía: su hijo, sí, su hijo, delante del taller, secándose las manos en un trapo aceitoso después de haber hecho un buen trabajo en una complicada caja de cambios. Y al fondo, sentados en la oficina, Mma Ramotswe y él, mucho mayores y con el pelo gris, bebiendo té rooibos.

Eso sería en un futuro lejano y había mucho que hacer para que tan feliz resultado pudiera ser una realidad. De momento, los llevaría de compras a la ciudad. El orfelinato, como de costumbre, había sido muy generoso al proporcionarles prendas que estaban casi nuevas, pero no era lo mismo tener ropa propia, comprada en una tienda. Se imaginaba que estos niños no habían podido permitirse nunca un lujo semejante. No habrían sacado nunca una prenda de su envoltorio de fábrica para probársela, y no habrían percibido el irreproducible olor a tejido por estrenar. Los llevaría en coche al centro, esa misma mañana, y les compraría todo cuanto necesitaran. Luego los llevaría a la farmacia y la niña podría comprarse cremas y champú, y otras cosas que les gustan a las chicas. En casa sólo tenía jabón carbólico, y ella se merecía algo mejor que eso.

El señor J.L.B. Matekoni fue a buscar la vieja camioneta verde del taller, que tenía sitio de sobra en la trasera para la silla de ruedas. Los niños estaban sentados en la galería cuando él llegó a casa; el chico había encontrado un palo y se entretenía en pasarle un cordel alrededor, y ella estaba tejiendo una funda para una jarra de leche. En el orfelinato les enseñaban a hacer punto y algunos de los huérfanos habían ganado premios por sus diseños. Es una chica con talento, pensó el señor J.L.B. Matekoni; esta chica podrá hacer cualquier cosa, a poco que tenga la oportunidad.

Después de saludarlo educadamente, asintieron cuando él les preguntó si la asistenta les había dado desayuno. Le había pedido que llegara temprano para poder ocuparse de los niños mientras él iba al taller, y le sorprendió un poco que hubiera hecho lo debido. Pero se oía algo en la cocina —el barullo que la asistenta solía hacer cuando estaba de mala gaita—, lo cual confirmó su presencia en la casa.

Observados por la asistenta, que se quedó mirando enfurruñada cómo se perdían de vista a la altura del antiguo club de las Fuerzas de Defensa de Botswana, el señor J.L.B. Matekoni y los dos niños se dirigieron a la ciudad en la camioneta verde. Faltaban los amortiguadores y era muy difícil conseguir repuestos porque los fabricantes habían pasado a la historia, pero el motor todavía funcionaba y, de todos modos, a los niños les encantó ir dando tumbos en el asiento. Para sorpresa del señor J.L.B. Matekoni, la niña se interesó por la camioneta, preguntándole de qué año era y si gastaba mucho aceite.

«Oí decir que los motores viejos necesitan más aceite. ¿Es verdad eso, Rra?», preguntó.

El señor J.L.B. Matekoni le explicó que las piezas de motor sufrían un desgaste, y ella le escuchó muy atenta. El niño, en cambio, no mostró interés. Pero bueno, había tiempo. Se lo llevaría al taller y haría que los aprendices le enseñaran a sacar tuercas de las ruedas. Era una tarea que podía hacer incluso un niño de su edad. Para ser mecánico, lo mejor era empezar pronto. Era un arte que, en condiciones idóneas, uno debía aprender al lado de su padre. ¿No aprendió acaso el Señor a ser carpintero en el taller de José, su padre? El señor J.L.B. Matekoni pensó que si el Señor tuviera que volver ahora, probablemente sería mecánico. ¡Qué gran honor para todos los mecánicos! Y no le cabía ninguna duda de que elegiría África: Israel era demasiado peligroso estos días. De hecho, si uno lo pensaba bien, lo más probable era que eligiese Botswana, y Gaborone en particular. Eso sí que sería todo un honor para el pueblo de Botswana; pero no tenía sentido seguir pensando en ello porque eso no iba a pasar. El Señor no volvería; ya habíamos tenido nuestra oportunidad y, por desgracia, no habíamos sabido aprovecharla.

Aparcó al lado de la delegación del gobierno británico y se fijó en que el Range Rover blanco de su excelencia el alto comisionado estaba frente a la puerta. La mayoría de los coches del cuerpo diplomático acudían a los talleres grandes, esos con sofisticadas máquinas de diagnóstico y más que exóticas facturas, pero su excelencia siempre llevaba el suyo a Speedy Motors.

—¿Ves ese coche de allá? —le dijo el señor J.L.B. Matekoni al niño—. Es un vehículo muy importante. Yo conozco muy bien ese coche.

El niño bajó la vista al suelo y no dijo esta boca es mía.

—Es un bonito coche blanco —dijo detrás de él la niña—. Parece una nube con ruedas.

El señor J.L.B. Matekoni volvió la cabeza y la miró.

—Una bonita manera de describir un coche —dijo—. Lo tendré en cuenta.

—¿Cuántos cilindros lleva un coche así? —preguntó la niña—. ¿Seis?

El mecánico sonrió y se dirigió al niño:

—¿Y bien? ¿Cuántos cilindros crees tú que lleva en el motor?

—¿Uno? —dijo el niño en voz baja, sin dejar de mirar al suelo.

—¡Uno! —se mofó su hermana—. ¡No es un motor de dos tiempos!

El señor J.L.B. Matekoni abrió mucho los ojos.

—¿De dos tiempos? ¿Y qué sabes tú de motores de dos tiempos?

La niña se encogió de hombros.

—Pues sé que hacen mucho ruido y que llevan mezcla de aceite y gasolina. Se usan sobre todo en motocicletas pequeñas. No son buenos motores, los de dos tiempos.

—En efecto. Los motores de dos tiempos dan muchos problemas. —Hizo una pausa—. Pero no nos quedemos aquí hablando de estas cosas. Tenemos que ir a las tiendas y comprar ropa y demás.

Las dependientas de la tienda fueron muy amables con la niña y la acompañaron al probador para ayudarla con los vestidos que había seleccionado del perchero. Tenía gustos modestos y eligió los vestidos más baratos, pero dijo que ésos eran los que le gustaban. El niño, por el contrario, se decidió por las camisas de colores más vivos y se quedó prendado de unos zapatos blancos que su hermana vetó aduciendo que eran muy poco prácticos.

—No se los deje comprar, Rra —le dijo al señor J.L.B. Matekoni—. En seguida se ensuciarían y luego no querrá ponérselos. Es un niño muy presumido.

—Entiendo —dijo el señor J.L.B. Matekoni, pensativo. El niño era respetuoso y educado, pero la imagen con la que había estado fantaseando (su hijo delante de Speedy Motors) parecía haberse desvanecido. En su lugar, había otra imagen: el chico con traje y camisa blanca... No, pero eso no cuadraba.

Terminaron sus compras y ya estaban cruzando la amplia plaza frente a la oficina de correos cuando el fotógrafo los llamó.

—Puedo hacerles una foto —dijo—. Aquí mismo. Se ponen debajo de ese árbol y yo les saco la foto. Al instante. Así de fácil. Una bonita foto familiar.

—¿Os gustaría? —preguntó el señor J.L.B. Matekoni—. Será un recuerdo de nuestro día de compras.

Los niños parecían encantados.

—Sí, sí, por favor —dijo ella, y añadió—: Nunca me han hecho una fotografía.

El señor J.L.B. Matekoni se quedó muy quieto. Esta niña, que tenía doce años, nunca había visto una foto suya. No tenía imágenes de su niñez, nada que le recordara cómo era de pequeña. No podía decir: «Esa de la foto soy yo». Y todo ello significaba que nunca hubo nadie que quisiera tener una foto de ella; sencillamente no había sido especial para nadie.

Durante unos instantes sintió una abrumadora oleada de compasión por aquellos dos niños; compasión mezclada con amor. Él se encargaría de compensarlos. Tendrían todo lo que otros niños habían disfrutado, lo que otros niños daban por hecho; les daría, poquito a poquito, todo ese amor que habían perdido, hasta que la balanza quedase equilibrada.

Empujó la silla de ruedas hasta el árbol en donde el fotógrafo tenía montado su estudio callejero. El hombre ancló su raquítico trípode en el polvo, se agachó detrás de la cámara y alzó una mano para llamar la atención de la retratada. Se oyó un «clic» seguido de un ronroneo y, con ademanes de ilusionista, el fotógrafo arrancó el papel protector y sopló sobre la instantánea para secarla.

La niña cogió la foto y sonrió. Luego el fotógrafo hizo situarse al niño, que se quedó allí de pie con las manos

170

a la espalda y sonriendo a boca abierta; la escena mágica se repitió, el niño radiante de alegría.

—Bueno —dijo el señor J.L.B. Matekoni—. Ahora podréis poner las fotos en vuestra habitación. Y un día tendremos muchas fotografías más.

Iba ya a situarse detrás de la silla de ruedas, pero sus brazos cayeron a peso, inservibles y paralizados.

Allí, delante de él, estaba Mma Ramotswe. Llevaba un cesto cargado de cartas en la mano derecha, pues iba camino de la oficina de correos, y al ver al señor J.L.B. Matekoni se había acercado al grupo. ¿Qué significaba todo aquello? ¿Qué estaba haciendo el señor J.L.B. Matekoni y quiénes eran esos niños?

Capítulo 15

La asistenta resentida actúa

Florence Peko, la huraña y protestona asistenta del señor J.L.B. Matekoni, venía sufriendo dolores de cabeza desde que Mma Ramotswe había hecho su anuncio de que iba a casarse con el señor. Era propensa a tener jaqueca y cualquier mala noticia podía provocársela. El juicio de su hermano, por ejemplo, había sido una temporada de dolores de cabeza, y cada mes, cuando iba a verlo a la prisión cerca del supermercado indio, tenía jaqueca antes incluso de ponerse a la cola de los familiares que iban a visitar reclusos. Su hermano había tenido que ver con robos de coches, y, aunque ella había declarado en su favor, afirmando haber estado presente en una reunión en la que él accedió a cuidar del coche de un amigo (una coartada falsa), sabía que era tan culpable como el fiscal se empeñaba en demostrar. De hecho, los delitos por los que fue condenado a cinco años de cárcel eran probablemente sólo una pequeña parte de los que había cometido. Pero no se trataba de eso: ella había reaccionado con rabia a la sentencia, y esa rabia había tomado la forma de gritos y ademanes contra los policías presentes en la corte. La juez, que ya se disponía a irse, había tomado asiento otra vez y había ordenado que llevaran a Florence a su presencia.

«Esto es un tribunal —dijo—. Debe usted entender que no puede gritar a los funcionarios de la policía, ni a ninguno de los presentes. Y le diré más: tiene usted suerte de que el fiscal no la haya acusado de perjurio por todas las mentiras que ha dicho hoy en la sala.»

Callada a la fuerza, Florence fue puesta en libertad, pero el incidente no hizo sino incrementar su sensación de injusticia. La República de Botswana había cometido un gran error al mandar a su hermano a la cárcel. Había personas mucho peores que él, y ¿por qué no les hacían nada? ¿Dónde estaba la justicia si gente como…? La lista era bastante larga y, curiosa coincidencia, tres de los enumerados eran conocidos de ella, amigos íntimos.

Precisamente a uno de ellos, el señor Philemon Leannye, se proponía acudir ahora. Él le debía un favor. En una ocasión, Florence había dicho a la policía que estaban juntos, cosa que no era cierta, y eso después de haber sido advertida sobre el peligro de cometer perjurio. Había conocido a Philemon Leannye en un puesto de comida del Centro comercial africano. Él le dijo que estaba harto de chicas malas y que quería conocer a una chica honrada que no le robara el dinero ni lo obligara a invitarla a copas. «Alguien como tú», había añadido con todo su encanto.

Florence se había sentido halagada, y finalmente la cosa prosperó. Pasaban meses sin verse, pero él aparecía de vez en cuando y le llevaba regalos: un reloj de plata, un bolso (con el monedero todavía dentro), una botella de brandy. Philemon vivía en Old Naledi con una mujer de la que había tenido tres hijos.

—Esa mujer no para de gritarme —se lamentaba—. Nunca le parece que hago nada bien. Le doy dinero todos los meses pero ella siempre me dice que los niños tienen hambre y que cómo va a comprar comida. Nunca está satisfecha con nada.

Florence se mostró comprensiva.

—Deberías abandonarla y casarte conmigo —dijo—. Yo no soy de las que pegan gritos. Sería una buena esposa para un hombre como tú.

Su propuesta iba en serio, pero él se lo había tomado a guasa y le había dado un cachete en son de broma.

—No —dijo—, tú serías igual de mala. La mujer, en cuanto se casa, empieza a quejarse. Es cosa sabida. Pregunta a cualquier hombre casado.

Así pues, la relación continuó siendo ocasional, pero tras el interrogatorio a cargo de la policía —tres tensas horas defendiendo la coartada de Philemon—, ella pensó que algún día podría pedirle que le devolviera el favor.

—Quiero que me consigas una pistola —le dijo una tarde de mucho calor, tumbados los dos en la cama del señor J.L.B. Matekoni.

Philemon se echó a reír, pero al darse la vuelta y ver la cara de ella, se puso serio otra vez.

—¿Qué se te ha metido en la cabeza? ¿Matar al señor J.L.B. Matekoni? La próxima vez que entre en la cocina quejándose de la comida, ¿le pegarás un tiro? ¡Ja, ja!

—No. No pienso matar a nadie. Quiero colocar la pistola en casa de otra persona, y luego iré a decir a la policía que allí hay un arma y ellos irán y la encontrarán.

—O sea, yo me quedo sin pistola.

—Se la llevará la policía, pero también apresarán a la persona que vive en esa casa. ¿Qué te hacen si descubren que tienes un arma sin licencia?

Philemon encendió un cigarrillo y expulsó el humo hacia el techo del señor J.L.B. Matekoni.

—Las armas ilegales no están bien vistas aquí. Si te pillan, vas a parar a la cárcel. Así de simple. No quieren que esto se convierta en otro Johannesburgo.

Florence sonrió.

—Me alegro de que sean tan estrictos en eso. Es justo lo que necesito.

Philemon se sacó una hebra de tabaco de entre los dientes.

—Bueno —dijo—. ¿Y cómo pago yo la pistola? Son quinientas pulas, como mínimo. Alguien tiene que traerla de Johannesburgo. Aquí no son nada fáciles de conseguir.

—Yo no tengo tanto dinero —dijo ella—. ¿Y por qué no robarla? Tú tienes contactos. Dile a uno de tus chicos que lo haga. —Hizo una pausa—. Recuerda que yo te ayudé. Para mí no fue nada fácil.

Él la miró detenidamente.

—¿De veras quieres hacerlo?

—Sí —respondió ella—. Es muy importante para mí.

Philemon apagó el pitillo y bajó las piernas de la cama.

—Muy bien —dijo—. Te conseguiré un arma. Pero recuerda: si algo sale mal, yo no he tenido nada que ver.

—Diré que la encontré yo. Que estaba en unos matorrales cerca de la cárcel. Quizá tenía que ver con alguno de los presos.

—Parece razonable —dijo Philemon—. ¿Cuándo la necesitas?

—Tan pronto como sea posible.

—Podría conseguirte una esta misma noche. Resulta que tengo una de repuesto.

Ella se incorporó y le tocó ligeramente la nuca.

—Eres muy bueno. Ya sabes que puedes venir a verme siempre que quieras. A cualquier hora. Me alegra mucho verte y hacerte feliz.

—Eres una chica estupenda —dijo él, riendo—. Muy mala. Muy perversa. Muy inteligente.

Tal como había prometido, Philemon le proporcionó el arma. Iba envuelta en papel parafinado, y el paquete en el fondo de una voluminosa bolsa de plástico de OK Bazaars repleta de números atrasados de la revista *Ebony*. Florence abrió el paquete en su presencia y él empezó a explicarle cómo funcionaba el seguro, pero ella lo interrumpió.

—Eso no me interesa —dijo—. Sólo quería la pistola y estas balas.

Philemon le había dado, por separado, nueve balas gruesas y cortas. Los proyectiles brillaban como si los hubieran pulido, y Florence se sintió atraída por el tacto que tenían. Pensó que quedarían bonitas en un collar, perforándolas por la base y pasándoles un hilo de nailon, o quizá una cadena de plata.

Él le enseñó a meter las balas en el cargador y a limpiar el arma después, para borrar las huellas dactilares. Luego le hizo una breve caricia, la besó en la mejilla y se marchó. El olor del aceite que se daba en el pelo —un olor exótico, como a ron— permaneció en el aire como pasaba siempre que iba a verla, y Florence sintió añoranza de una de sus tardes de placer. Si fuera a casa de Philemon y matara a su mujer, ¿querría casarse con ella? ¿La vería él como artífice de una liberación, o como asesina de la madre de sus hijos? No lo tenía claro.

Además, ella no podía matar a nadie. Era cristiana y no creía en eso de matar gente. Se consideraba una buena persona que sencillamente se veía forzada por las circunstancias a hacer cosas que la gente buena no hace... o afirma no hacer. Pero no se dejaba engañar al respecto. Todo el mundo cortaba por lo sano, y si ella se había propuesto encargarse de Mma Ramotswe por métodos poco convencionales, era sólo porque se hacía necesario emplear medidas semejantes contra alguien que constituía una clara amenaza para el señor J.L.B. Matekoni. ¿Cómo iba él a defenderse de una mujer tan resuelta y decidida? Era evidente que se hacían necesarias medidas drásticas, y unos cuantos años en la cárcel le enseñarían a esa Ramotswe a respetar los derechos de los demás. Esa entrometida detective era la autora de su propia desgracia; a nadie más se podía culpar de ello.

Bueno, pensó, ya tengo la pistola. Ahora hay que dejar el arma en el sitio que tengo planeado y que no es otro que una casa de Zebra Drive.

Para ello, era preciso pedir otro favor. Un hombre al que conocía solamente como Paul y que iba a verla para conversar un poco e intercambiar cuatro caricias, le había pedido dinero prestado hacía dos años. No era una cantidad importante, pero Paul no se lo había devuelto. Tal vez se le habría olvidado, pero a ella no, y ahora se encargaría de recordárselo. Y si él ponía pegas, bueno, también estaba casado y su mujer no sabía nada de las visitas de carácter «social» que su marido hacía a la casa del señor J.L.B. Matekoni. La amenaza de irle con el cuento a su mujer le animaría sin duda a pagar.

Fue el dinero, sin embargo, lo que propició el acuerdo. Al mencionar ella el préstamo, él dijo que le era imposible pagar.

—No me sobra ni una pula —dijo el tal Paul—. Estamos pagando el hospital para uno de los niños, que siempre está enfermo. No puedo disponer de dinero. Ya te lo devolveré algún día.

Ella hizo un gesto de que lo entendía y luego dijo:

—Será fácil de olvidar. Estoy dispuesta a olvidarme de ese dinero si a cambio me haces un favor.

Él la miró con recelo.

—Tienes que ir a una casa. No habrá nadie. Rompes la ventana de la cocina y entras.

—Eh, que no soy ningún ladrón —protestó él—. Yo no pienso robar nada.

—Si no te pido que robes —dijo ella—. ¿Qué clase de ladrón entra en una casa para dejar algo allí? ¡Eso no es un ladrón!

Florence le explicó que quería que dejara un paquete en algún armario de la casa, de manera que no fuese fácil de encontrar.

—Quiero guardar algo en lugar seguro —dijo—. Y allí lo estará.

Él no acababa de decidirse, pero Florence volvió a mencionar el préstamo y el otro capituló. Iría al día siguiente por la tarde, a una hora en que todo el mundo estuviera trabajando. Ella había investigado de antemano: ni siquiera habría una asistenta. Y perro tampoco.

—Es pan comido. Lo tendrás hecho en quince minutos. Entrar y salir.

Le entregó el paquete. Había envuelto de nuevo la pistola con el papel encerado, y éste a su vez en una capa doble de papel marrón corriente. El envoltorio disimulaba la naturaleza del contenido, pero aun así pesaba bastante y él puso mala cara.

—No preguntes —le dijo ella—. No preguntes y así no sabrás.

Es una pistola, pensó él. Quiere que coloque un arma en esa casa para inculpar a alguien.

—No quiero llevar esto encima —dijo—. Es muy peligroso. Intuyo que es un arma, y sé lo que pasa si la policía te pilla con un arma. No quiero ir a la cárcel. Pasaré mañana por casa de Matekoni y me la das.

Ella lo pensó un poco. Podía llevar la pistola al trabajo, metida en una bolsa de plástico. Si Paul prefería ir a buscársela allí, por ella no había ningún inconveniente. Lo importante era dejarla luego en casa de Mma Ramotswe y, dos días después, hacer esa llamada telefónica a la policía.

—De acuerdo —dijo—. La meteré otra vez en la bolsa y me la llevaré. Tú ven a las dos y media. El señor J.L.B. Matekoni ya se habrá marchado al taller.

Él miró cómo devolvía el paquete a la bolsa de OK Bazaars.

—Y ahora —dijo ella—, como has sido bueno, quiero hacerte feliz.

Él negó con la cabeza.

—No, estoy demasiado nervioso para eso. Quizá en otra ocasión.

La tarde del día siguiente, poco después de las dos, Paul Monsopati, empleado del Hotel Sun, de Gaborone, cuyo nombre constaba en la lista de próximos ascensos, entró en el despacho de una de las secretarias del hotel y le pidió que saliera unos minutos de la habitación.

—Debo hacer una llamada muy importante —dijo—. Se trata de un asunto privado, en relación con un funeral.

La secretaria asintió con la cabeza y salió del despacho. Cada día moría alguien, y era bien sabido que los funerales requerían una buena planificación, pues todo el mundo quería asistir, desde el pariente más lejano hasta el que sólo conocía al difunto de lejos.

Paul levantó el auricular del teléfono y marcó un número que tenía anotado en un papel.

—Quisiera hablar con un inspector —dijo—. No un sargento, sino un inspector.

—¿Quién es usted?

—Eso no importa. Usted búsqueme un inspector, o tendrá problemas.

No hubo respuesta. Pasado un rato, oyó una voz distinta.

—Escúcheme atentamente, por favor —dijo Paul—. No puedo hablar mucho rato. Soy un leal ciudadano de Botswana y estoy en contra de todo delito.

—Estupendo —dijo el inspector—. Eso es lo que nos gusta.

—Bien. Si van ustedes a una casa que les diré, encontrarán a una señora en posesión de un arma de procedencia ilegal. Parece ser que las vende. El arma está metida dentro de una bolsa de OK Bazaars. Si van ahora mismo, podrán apresarla. Sólo a ella, no al hombre que vive en la casa. El arma está en la bolsa, y esa mujer tendrá la bolsa en la cocina. Es todo lo que puedo decir.

Después de dar las señas de la casa, colgó el teléfono. Al otro extremo de la línea, el inspector sonrió satisfecho. Iba a ser pan comido y a él lo felicitarían por hacer algo contra las armas ilegales. Uno siempre se quejaba de la ciudadanía y de su falta de sentido del deber, pero aún había personas conscientes que le devolvían a uno la fe en la gente normal, en los ciudadanos de a pie. A estas personas deberían darles alguna medalla... Y una recompensa en metálico: al menos quinientas pulas.

Capítulo 16

Familia

El señor J.L.B. Matekoni era perfectamente consciente de que estaba justo debajo de la rama de una acacia. Miró hacia arriba y, por un momento, vio con absoluta claridad los detalles de las hojas contra el fondo vacío del cielo. Abarquilladas por efecto del calor del mediodía, las hojas eran como pequeñas manos en actitud de oración; un pájaro, un alcaudón vulgar y corriente, estaba posado en esta rama, las garras prietas en torno a ella, los ojos negros moviéndose de acá para allá. La imagen adquirió toda esta viveza debido a la enormidad del apuro en que el señor J.L.B. Matekoni se encontraba; era como el condenado que mira desde su celda la última mañana de su vida y ve el mundo desvanecerse poco a poco.

Bajó la vista y comprobó que Mma Ramotswe continuaba allí, a unos tres metros de distancia, con una expresión de divertida perplejidad en su rostro. Ella sabía que hacía trabajos para el orfelinato y que Mma Potokwane era una mujer muy persuasiva. Se imaginaría, pensó él, que se había llevado de paseo a dos huérfanos y que estaba haciendo que les sacaran una foto. De ningún modo podía imaginarse que estaba viendo al señor J.L.B. Matekoni con sus dos flamantes hijastros, que pronto iban a ser también hijastros de ella.

Mma Ramotswe rompió el silencio.

—¿Qué hace? —dijo sin más. Era una pregunta completamente razonable, la que cualquier amigo (o futuro cónyuge) te podría hacer. El señor J.L.B. Matekoni miró a los niños. La niña había guardado su retrato en una bolsa de plástico que llevaba sujeta a la silla de ruedas; el niño sostenía el suyo contra el pecho, como si Mma Ramotswe deseara arrebatarle la foto.

—Estos niños son del orfelinato —tartamudeó el señor J.L.B. Matekoni—. Ésta es la niña y éste otro el niño.

—¡Ah! Estupendo —rió Mma Ramotswe—. Ya está. Todo aclarado.

La niña sonrió, saludando educadamente a Mma Ramotswe.

—Me llamo Motholeli —dijo—. Y mi hermano se llama Puso. Bueno, ésos son los nombres que nos han puesto en el orfelinato.

—Espero que allí cuidarán bien de vosotros. Mma Potokwane es una señora muy buena.

—Sí que lo es —dijo la niña.

Pareció que iba a decir algo más, pero el señor J.L.B. Matekoni intervino rápidamente.

—He hecho que les sacaran una fotografía a cada uno —explicó, y dirigiéndose a la niña dijo—: Enséñaselas a Mma Ramotswe, Motholeli.

La niña se impulsó en la silla de ruedas y le pasó la foto a Mma Ramotswe.

—Es un retrato muy bonito —dijo Mma Ramotswe—. Yo sólo conservo una o dos fotos de cuando tenía tu edad. Si alguna vez me siento vieja, voy y las miro, y me parece que quizá no soy tan vieja como pensaba.

—Todavía es joven —dijo el señor J.L.B. Matekoni—. Ahora ya no se es viejo hasta los setenta años, o
más. Todo eso ha cambiado.

—Sí, eso es lo que queremos creer —dijo ella con
sorna, devolviendo la fotografía a la niña—. ¿El señor
J.L.B. Matekoni os va a llevar ahora al orfelinato, o co-
meréis por aquí?

—Hemos ido de compras —respondió apresuradamente el señor J.L.B. Matekoni—. Todavía nos queda
hacer un par de cosas.

—Luego volveremos a casa de él —dijo la niña—.
Ahora vivimos con el señor J.L.B. Matekoni. En su
casa.

El señor J.L.B. Matekoni notó como si el corazón
fuera a salírsele del pecho. Ahora me da un infarto, pensó. Me voy a morir aquí mismo. Y por un momento la-
mentó profundamente no haber podido casarse con
Mma Ramotswe, irse a la tumba soltero, que los niños
fueran doblemente huérfanos, que Speedy Motors tuviera que cerrar. Pero el corazón no se le paró, continuó la-
tiendo, mientras Mma Ramotswe y el resto del mundo
físico se obstinaban en seguir allí delante.

Ella le miró inquisitivamente.

—¿Los niños viven en su casa? —dijo—. No lo sabía. ¿Hace poco, de eso?

—Desde ayer —dijo él, casi sin voz.

Mma Ramotswe miró a los dos niños y luego otra
vez al señor J.L.B. Matekoni.

—Creo que tendríamos que hablar —dijo—. Niños, quedaos aquí un momento. El señor J.L.B. Matekoni y yo vamos un momento a la oficina de correos.

No había escapatoria. Con la cabeza gacha, como un colegial pillado en falta, el señor J.L.B. Matekoni siguió a Mma Ramotswe hasta la oficina postal y frente a la batería de apartados de correos se dispuso a afrontar el veredicto que sabía que se merecía. Mma Ramotswe iba a divorciarse de él (si es que podía hablarse de divorcio en el caso de romper un compromiso matrimonial). La había perdido por innoble y por estúpido..., y la culpa de todo era de Mma Potokwane. Era de esas mujeres que siempre interferían en las vidas ajenas, obligando a los demás a hacer lo que le convenía a ella; y luego las cosas se complicaban y uno acababa siendo desdichado.

Mma Ramotswe dejó en el suelo su cesto de cartas.

—¿Por qué no me había dicho nada de esos niños? —preguntó—. ¿Qué ha hecho usted?

Él casi ni se atrevió a mirarla a la cara.

—Pensaba decírselo —respondió—. Ayer fui al orfelinato. La bomba volvía a hacer el tonto. Es una bomba muy vieja. Y al minibús le hacen falta frenos nuevos. He intentado arreglar los que lleva ahora, pero siempre acaban dando problemas. Habrá que conseguir piezas nuevas, ya les avisé, pero...

—Sí, sí —le interrumpió Mma Ramotswe—. Eso de los frenos ya me lo contó. Yo quiero que me hable de los niños...

El señor J.L.B. Matekoni suspiró.

—Mma Potokwane es una mujer muy enérgica. Me convenció de que debía acoger a unos niños. Yo no quería hacerlo sin antes consultarlo con usted, pero ella ya lo tenía decidido. Hizo llamar a los niños, y a mí no me quedó otra alternativa que aceptarlos.

Calló. Un hombre se dirigía hacia su buzón y estaba hurgando en el bolsillo en busca de la llave, murmurando algo para sí. Mma Ramotswe le miró y luego volvió la vista hacia el señor J.L.B. Matekoni.

—Bueno —dijo—, así que aceptó hacerse cargo de los niños. Y ellos piensan que se quedarán a vivir en su casa.

—Supongo que sí —musitó él.

—¿Por cuánto tiempo?

El señor J.L.B. Matekoni inspiró hondo antes de contestar.

—Todo el que haga falta —dijo—. Mientras necesiten una casa. Es lo que yo les he ofrecido.

Inesperadamente, se sintió seguro de sí mismo. No había hecho nada malo; no había robado nada, ni matado a nadie, ni cometido adulterio. Sólo había aceptado a dos pobres niños que lo habían pasado mal y que ahora recibirían amor y cuidados. Si a Mma Ramotswe no le gustaba, él no iba a poder hacer nada al respecto. Había actuado de manera impulsiva, sí, pero por una buena causa.

De pronto, Mma Ramotswe se echó a reír.

—Bien, señor J.L.B. Matekoni —dijo—. Nadie podrá decir de usted que no sea un hombre bueno. Es más, yo creo que es el hombre más bueno de Botswana. No conozco a nadie, absolutamente a nadie, capaz de hacer lo que usted ha hecho. Ningún otro hombre haría una cosa así.

Él se la quedó mirando.

—Entonces ¿no está enfadada?

—Lo estaba —dijo ella—. Pero ha sido sólo un ratito. Más o menos un minuto. Luego he pensado: ¿Quiero casarme con el hombre más bondadoso del país? Sí, quiero. ¿Puedo hacer de madre de esos niños? Sí, puedo. Eso es lo que he pensado.

Él la miró sin acabar de creérselo.

—Usted sí que es buena, Mma. Ha sido muy bondadosa conmigo.

—No nos quedemos aquí hablando de bondades —dijo ella—. Esos dos niños están ahí esperando. Vamos a llevarlos a Zebra Drive y así les enseñamos dónde van a vivir. Esta tarde puedo ir a buscarlos a casa de usted y después los llevo a la mía. Zebra Drive es más...

No acabó de decirlo, pero a él no le importó.

—Ya sé que su casa es más confortable —dijo el señor J.L.B. Matekoni—. Y sería mejor para ellos si es usted quien se ocupa de ellos.

Volvieron donde estaban los niños y el señor J.L.B. Matekoni anunció:

—Me voy a casar con esta dama. Ella será muy pronto vuestra madre.

El niño pareció asustarse, pero la niña bajó respetuosamente la vista.

—Gracias, Mma —dijo—. Intentaremos ser buenos hijos.

—Bien —dijo Mma Ramotswe—. Vamos a ser una familia muy feliz. Estoy segura de ello.

Mma Ramotswe fue a buscar su mini furgoneta blanca y se llevó al niño con ella. El señor J.L.B. Matekoni se ocupó de empujar la silla de ruedas hasta su camioneta verde y fueron a Zebra Drive, donde Mma Ramotswe y Puso estaban ya esperándolos. El niño parecía entusiasmado y corrió a recibir a su hermana.

—Es una casa muy bonita —exclamó—. Mira, hay árboles y melones. Yo tendré una habitación en la parte de atrás.

El señor J.L.B. Matekoni se quedó allí mientras Mma Ramotswe enseñaba la casa a los niños. Todo cuanto había pensado de ella quedaba ahora confirmado más allá de toda duda. Obed Ramotswe, que se había ocupado de su educación a la muerte de su mujer, había hecho un gran trabajo. Gracias a él, Botswana contaba ahora con una de sus mujeres más excelentes; Obed Ramotswe, probablemente sin saberlo, era un héroe.

Mientras Mma Ramotswe preparaba el almuerzo para los niños, él telefoneó al taller para ver si los aprendices se las apañaban bien con las tareas que les había asignado. Se puso el más joven de los dos, y el señor J.L.B. Matekoni supo de inmediato por su tono de voz —extrañamente agudo y excitado— que algo andaba mal, muy mal.

—Qué bien que haya llamado, Rra —dijo el chico—. Ha estado aquí la policía. Querían hablar con usted sobre su asistenta. La han arrestado y ahora está entre rejas. Llevaba una pistola en su bolso. La policía está muy enfadada.

El aprendiz no pudo aportar más información y el señor J.L.B. Matekoni colgó. ¡Su asistenta, con una pistola! Él siempre había sospechado que era una persona deshonesta —si no algo peor—, pero tener un arma... ¿Cometía atracos a mano armada en su tiempo libre?, ¿era una asesina, quizá?

Fue a la cocina. Mma Ramotswe estaba hirviendo pedazos de calabaza en una olla esmaltada.

—Han detenido a mi asistenta y la han metido en la cárcel —dijo de sopetón—. Tenía una pistola. Dentro de una bolsa.

Mma Ramotswe dejó la cuchara. La calabaza hervía bien y pronto estaría tierna.

—No me sorprende —dijo—. Esa mujer era muy deshonesta. Al final la policía la ha pillado. No era lo bastante inteligente para ellos.

Por la tarde, decidieron que la vida se les estaba complicando demasiado y que el resto del día se dedicarían a actividades sencillas centradas en los niños. A tal fin, el señor J.L.B. Matekoni telefoneó a los aprendices y les dijo que podían cerrar ya el taller.

—Hace días que pensaba daros tiempo libre para estudiar —dijo—. Bien, pues ya podéis estudiar esta tarde. Poned un cartel diciendo que abriremos otra vez mañana a las ocho en punto.

Y a Mma Ramotswe le dijo:

—No estudiarán. Se irán a perseguir chicas. Esos jóvenes no tienen nada en la cabeza. Nada.

—Muchos jóvenes son así —dijo ella—. Sólo piensan en bailar y en ropa y en poner música a todo volumen. Es su vida. Nosotros también éramos así, ¿se acuerda?

Telefoneó a la 1ª Agencia de Mujeres Detectives, desde donde la fiel Mma Makutsi le había explicado que la investigación sobre el caso Badule estaba lista y que lo único que faltaba ahora era decidir cómo actuar respecto a la información que ella había conseguido. Ya hablarían de eso, dijo Mma Ramotswe. Se había temido que la investigación daría como fruto una verdad que estaría lejos de ser sencilla en cuanto a sus implicaciones morales. A veces la ignorancia era más cómoda que el conocimiento.

Pero la calabaza ya estaba lista y era hora de sentarse a la mesa, por primera vez como una familia.

Mma Ramotswe bendijo la mesa:

—Damos gracias por esta calabaza y esta carne. Hay hermanos y hermanas que no tienen buena comida que llevarse a la boca. Pensamos en ellos y deseamos que pronto puedan comer calabaza y carne. Y damos gracias al Señor, que ha traído estos niños a nuestras vidas para que podamos ser felices y que ellos tengan un hogar. Y pensamos en lo dichosos que serán los difuntos padres de estos niños, que ahora nos estarán mirando desde el cielo.

El señor J.L.B. Matekoni no pudo añadir nada, pues la oración le pareció perfecta en todos los sentidos. Se correspondía exactamente con sus propios sentimientos; hasta tal punto lo embargaba la emoción, que fue incapaz de hablar. Y por eso guardó silencio.

Capítulo 17

Templo del saber

El mejor momento para abordar un problema, pensaba Mma Ramotswe, es la mañana. En las primeras horas del día laborable, con el sol aún bajo y un aire vigorizante, uno se encuentra en plenas condiciones. Es el momento ideal para plantearse las cuestiones importantes; un momento de lucidez, libre de la fatiga del día.

—He leído su informe —le dijo a Mma Makutsi cuando ésta llegó al trabajo—. Es muy completo y está muy bien redactado. La felicito.

Mma Makutsi recibió gentilmente el elogio.

—Me alegro de que mi primer caso no fuera de los difíciles —dijo—. Bueno, al menos no fue difícil averiguar lo que hacía falta averiguar. Pero esas preguntas que pongo al final… ahí sí que veo una dificultad.

—Las cuestiones morales, ¿no? —dijo Mma Ramotswe, mirando el informe.

—No sé cómo resolverlas —dijo Mma Makutsi—. Cuando creo que una respuesta es la correcta, empiezo a verle peros. Y si me parece que la respuesta correcta es la otra, me pasa lo mismo. —Miró a Mma Ramotswe esperando su reacción.

—Para mí tampoco es fácil —dijo Mma Ramotswe—. Que yo sea un poco mayor que usted no significa que tenga la solución a todos los dilemas que se presentan. De hecho, a medida que una se hace mayor, ve más aspectos distintos en cada situación. A su edad, las cosas están más claras. —Hizo una pausa, y luego añadió—: Ojo, que yo no he cumplido aún los cuarenta. Tampoco soy tan vieja.

—Desde luego —dijo Mma Makutsi—. Yo creo que es la edad ideal para una persona. Pero, volviendo al problema, no sé por dónde tirar. Si le contamos a Badule lo de ese hombre y él pone fin a todo el asunto, el chico ya no podrá ir a esa escuela privada. Su gran oportunidad se habrá evaporado. Es una verdadera lástima.

—Sí, lo entiendo —dijo Mma Ramotswe—. Pero, por otro lado, no podemos mentir al señor Badule. Un detective no puede mentir a su cliente, es antiético. Eso no se puede hacer.

—Me hago cargo —dijo Mma Makutsi—, pero no me cabe duda de que a veces mentir es bueno. ¿Y si un asesino se presenta en su casa y le pregunta dónde está determinada persona? Si usted supiera quién es esa persona, sería feo contestar: «No sé nada de esa persona, no sé dónde está». Eso sería mentir, digo yo.

—En efecto. Pero usted no tiene ningun obligación de decirle la verdad al asesino. Puede colarle una mentira. En cambio, sí tiene la obligación de decir la verdad a su cliente, o a su cónyuge, o a la policía. La cosa cambia.

—¿Y por qué? A mí me parece que, si mentir está mal, estará mal siempre. Si la gente pudiera mentir cuando piensa que no hace daño a nadie, no habría manera de saber cuándo dicen la verdad. —Mma Makutsi hizo una pausa para reflexionar—. Lo que una persona cree que es correcto puede que no lo sea para otra. Si cada cual puede poner sus propias normas... —Se encogió de hombros, dejando las consecuencias en suspenso.

—En eso lleva razón —dijo Mma Ramotswe—. Es lo que pasa con el mundo de hoy. Todos creen que pueden tomar sus propias decisiones sobre lo que está bien y lo que está mal. Todos piensan que pueden olvidar la ética tradicional de Botswana. Y no es así.

—Pero aquí el meollo está en si deberíamos contárselo todo o no. ¿Y si le decimos: «Tenía usted razón; su mujer le es infiel», y nada más? Eso no sería mentir al cliente, ¿verdad? Simplemente no le decimos toda la verdad.

Mma Ramotswe se la quedó mirando. Siempre había valorado los comentarios de Mma Makutsi, pero nunca había imaginado que podía hacer una montaña de un granito de arena. Un detective se encontraba con problemas así a diario. Pero no era necesario ofrecer una solución completa a los problemas de los demás. Lo que la gente pudiera hacer con la información era asunto suyo. Tú no podías decirles cómo debían actuar.

Al pensarlo ahora, sin embargo, se dio cuenta de que en anteriores ocasiones había hecho eso y mucho más. En varios de sus casos más espectaculares, había tomado decisiones en base a la información obtenida, y dichas decisiones habían resultado ser, muchas veces, trascendentales. Por ejemplo, en el caso de la mujer cuyo marido tenía un Mercedes-Benz robado, había conseguido que le devolvieran el coche a su dueño. Y en el caso del fraude de las reclamaciones por parte del hombre con trece dedos, ella había tomado la decisión de no denunciarlo a la policía. Con esa decisión había cambiado una vida. Ese hombre quizá se habría vuelto honrado gracias a esa oportunidad… o quizá no. No podía saberlo. En todo caso, ella le había brindado la oportunidad de enmendarse, y eso ya era mucho. Resumiendo, sí había interferido en las vidas ajenas, y por tanto no era cierto que como detective se limitara a proporcionar información a los clientes.

En el caso que las ocupaba, el verdadero problema era qué iba a ser del chico. Los adultos podían cuidar de sí mismos; el señor Badule superaría el descubrimiento de un adulterio (en el fondo de su alma ya sabía que su esposa le era infiel); el otro hombre se enfrentaría a su esposa postrado de rodillas y aceptaría el castigo (tal vez ser obligado a vivir en esa aldea remota con su esposa católica), y en cuanto a la mujer elegante, bueno, que pasara más tiempo en la carnicería en vez de holgar en la cama extra grande de Nyerere Drive. Pero el chico no podía quedar a merced de los acontecimientos. No, debían asegurarse de que, pasara lo que pasase, el chico no sufriría por culpa de la conducta disipada de su madre.

Quizá había una solución que permitiera al chico continuar en el colegio. Tal como estaban las cosas, ¿alguno de los implicados era realmente desdichado? La mujer elegante era muy feliz; tenía un amante rico y una cama enorme en la que acostarse. El amante rico le compraba ropa y otros artículos que a las mujeres elegantes les gusta tener. El amante rico también era feliz; tenía a su disposición una mujer elegante y no tenía que estar demasiado tiempo con su esposa beata. La esposa beata era feliz porque vivía donde le gustaba vivir, presumiblemente haciendo lo que le gustaba, y tenía un marido que iba regularmente a casa pero no tan a menudo como para ser un fastidio para ella. El chico era feliz porque tenía dos padres y gozaba de una excelente educación en un colegio caro.

Quedaba el señor Letsenyane Badule. ¿Era feliz, o, si era infeliz, se podía hacer que volviera a ser feliz sin cambiar la situación? Si lograban encontrar la fórmula, no habría necesidad de que la vida del chico cambiara. Pero ¿cómo conseguir que el señor Badule volviera a ser feliz? No podían decirle que el hijo no era suyo, sería demasiado fuerte, demasiado cruel, y seguramente al chico también le afectaría mucho saberlo. Lo más probable era que el muchacho no supiese quién era su verdadero padre; después de todo, aunque tuvieran la nariz idéntica, los chicos no suelen fijarse en esas cosas. Mma Ramotswe decidió que no había necesidad de hacer nada a ese respecto; lo mejor para el chico era seguir en la inopia. Más adelante, con el colegio pagado hasta el último curso, podría ponerse a estudiar las narices de la familia y a partir de ahí sacar conclusiones.

—Es el señor Badule —declaró Mma Ramotswe—. Tenemos que hacerle feliz. Tenemos que decirle lo que pasa, pero de manera que lo acepte. Si lo acepta, el problema deja de existir.

—Pero él insistió en que estaba muy preocupado —dijo Mma Makutsi.

—Sí, porque cree que está mal que su mujer se entienda con otro —replicó Mma Ramotswe—. Tendremos que persuadirlo de lo contrario.

Mma Makutsi no lo veía claro, pero la consoló que Mma Ramotswe hubiera tomado de nuevo las riendas. No habría que decir ninguna mentira, y, caso de hacerlo, no sería ella, Mma Makutsi, quien lo hiciera. En cualquier caso, su jefa era una mujer de inmensos recursos. Si ella creía que podía persuadir al señor Badule para que fuese feliz, era muy probable que lo consiguiera.

Pero había otros asuntos que reclamaban atención. La señora Curtin había escrito una carta preguntando si Mma Ramotswe había averiguado algo sobre su hijo. «Sé que es pronto para esto —escribía—, pero desde que hablé con usted me he quedado con la impresión de que lograría desentrañar el misterio. No es mi intención halagarla, pero tuve la sensación de que usted era la persona que podía llegar a la verdad. No es preciso que conteste esta carta; sé que no debería haber escrito todavía, pero necesito hacer algo. Sé que usted lo comprenderá, Mma Ramotswe, estoy segura.»

La carta había emocionado a Mma Ramotswe, como todas las súplicas que recibía de personas en apuros. Pensó en lo que había conseguido sacar en claro. Había visto la granja y había presentido que fue allí donde la vida del joven tocó a su fin. En cierto modo, puede decirse que llegó al final nada más empezar. Ahora tenía que desandar el camino y averiguar por qué el joven yacía allí (como ella estaba convencida), en aquella tierra seca próxima al gran desierto del Kalahari. Una tumba solitaria, muy lejos de los suyos, y muerto en la flor de la edad. ¿Por qué? Alguien le había hecho daño, de un modo o de otro, y si uno quería averiguar qué había pasado, tenía que encontrar a la persona o personas que eran capaces de hacer ese daño. El señor Oswald Ranta.

La mini furgoneta blanca pasó con cautela sobre los badenes colocados como elemento disuasorio de conducción temeraria por parte del personal de la universidad. Mma Ramotswe era una conductora sensata y le parecía vergonzoso que las carreteras se hubieran convertido en un peligro. Sin duda, Botswana era mucho más seguro que otros países de esa parte de África. Sudáfrica era un infierno circulatorio; la gente conducía de manera agresiva, te dejaban sordo a bocinazos si los adelantabas, y muchas veces iban borrachos, sobre todo si acababan de cobrar. Si el día de cobro caía en viernes, entonces más valía no aventurarse a salir. Y Swazilandia era todavía peor. Los swazis adoraban la velocidad; la sinuosa carretera entre Manzini y Mbabane, que en una ocasión le supuso pasar media hora de terror, atraía a los automovilistas como la luz a las polillas. Recordaba haber leído una crónica en un número atrasado de *The Times of Swaziland* donde salía una foto de un hombrecillo menudo e insignificante como un ratón. El pie decía simplemente «El difunto Richard Mavuso (46)». Este señor Mavuso, que tenía una cabeza muy pequeña y un bigotito muy bien recortado, habría pasado inadvertido para cualquier reina de la belleza y sin embargo, desafortunadamente, como informaba el periódico, había sido atropellado por una de ellas.

Por alguna razón, aquella crónica había afectado mucho a Mma Ramotswe. «El señor Richard Mavuso (ver foto) fue atropellado el pasado viernes por la noche por una de las candidatas a Miss Swazilandia. La conocida reina de la belleza, señorita Gladys Lapelala, residente en Manzini, arrolló al señor Mavuso cuando éste trataba de cruzar la carretera en Mbabane, en cuyo departamento de Obras Públicas trabajaba de empleado.»

Eso era todo lo que decía la crónica, y Mma Ramotswe se había preguntado por qué la afectaba tanto. Se producían atropellos constantemente y nadie se llevaba las manos a la cabeza. ¿Importaba más si a uno lo atropellaba una reina de la belleza?, ¿era más trágico por el hecho de que el señor Mavuso fuera un hombre tan insignificante y menudo y ella, por el contrario, tan importante? Podía verse incluso como una metáfora de las injusticias de la vida; los poderosos, los sofisticados, los famosos apartaban de su camino con mucha frecuencia y total impunidad a los insignificantes, a los timoratos.

Aparcó la mini furgoneta blanca en un espacio libre detrás de los edificios administrativos y miró a su alrededor. Pasaba por el campus cada día y estaba familiarizada con los blancos edificios protegidos del sol que se extendían casi hasta el viejo aeródromo. Sin embargo, no había puesto nunca el pie en la universidad, y ahora, delante del impresionante despliegue de bloques, cada cual con su extraño nombre, se sintió invadida de cierto temor revencial. Ella no era una mujer inculta, pero carecía de título. Y aquí, cualquier persona con la que te encontrabas tenía un título u otro. Había gente sumamente erudita, personas como el profesor Tlou, que había escrito una historia de Botswana y una biografía de Seretse Khama. O también el doctor Bojosi Otloghile, que había

198

escrito un ensayo sobre el Tribunal Supremo de Botswana, libro que ella había comprado pero no leído todavía. Uno podía toparse con personas así al doblar cualquier esquina de estos edificios. Su aspecto era perfectamente normal, pero en su cabeza había mucho más que en la de una persona corriente, que buena parte del tiempo no estaba especialmente llena de nada.

Examinó lo que parecía un mapa del campus. Departamento de Física por ese lado; Departamento de Teología por ese otro; Instituto de Estudios Avanzados la primera a la derecha. Y entonces, menos mal, Información. Siguió las indicaciones y llegó a un modesto edificio prefabricado, oculto detrás de Teología y en frente de Lenguas Africanas. Llamó con los nudillos y entró.

Había una mujer macilenta sentada a un escritorio, tratando de desenroscar el capuchón de una pluma.

—Busco al señor Ranta —dijo Mma Ramotswe—. Tengo entendido que trabaja aquí.

La mujer puso cara de aburrida.

—Doctor Ranta —dijo—. No es sólo el «señor» Ranta, sino el doctor Ranta.

—Perdone. No pretendía ofender. ¿Dónde puedo encontrarlo, por favor?

—Todo el mundo busca al doctor Ranta —dijo la mujer—. Un momento está aquí y al siguiente allá. Así es él.

—Pero ahora, en este momento, ¿se encuentra aquí? Donde pueda estar después, no me preocupa.

La mujer arqueó una ceja.

—Puede probar en su oficina. Tiene despacho propio, pero la mayor parte del tiempo está en su alcoba.

—Oh, vaya. ¿Es un mujeriego, ese doctor Ranta?

—Se podría decir que sí —contestó la mujer—. Y el día menos pensado la junta directiva lo atará con cuerdas. Pero, mientras tanto, nadie se atreve a tocarle un pelo.

Mma Ramotswe se quedó intrigada. ¡Cuántas veces otra persona hacía el trabajo por ti! Como ahora esta mujer.

—¿Por qué no pueden tocarle ni un pelo? —preguntó.

—A las propias chicas les da miedo hablar —dijo la mujer—. Y en cuanto a sus colegas, todos tienen algo que ocultar. Ya sabe lo que pasa en las universidades…

—Pues no, la verdad. Yo no tengo carrera —dijo Mma Ramotswe.

—Bueno, yo se lo explicaré. Suele haber mucha gente como el doctor Ranta. Ya se dará cuenta… Si hablo de esto con usted es porque me marcho mañana. He encontrado un empleo mejor.

La servicial recepcionista explicó a Mma Ramotswe cómo encontrar la oficina de Ranta. No era buena idea poner a una mujer en la oficina de información, pensó Mma Ramotswe. Si cada vez que alguien preguntaba por un miembro de la plantilla, ella se ponía a soltar chismes sobre el susodicho, quien preguntaba podía llevarse una impresión equivocada. Claro que su indiscreción podía deberse a que dejaba su puesto al día siguiente, en cuyo caso, pensó Mma Ramotswe, aún había una oportunidad.

—A propósito, Mma —dijo, al llegar a la puerta—. Se me ocurre que no será fácil ajustarle las cuentas al doctor Ranta porque él no ha hecho nada malo. Puede que no esté bien abusar de los estudiantes, pero en base a eso no se puede despedir a nadie, al menos en los tiempos que corren. Así que es posible que no haya nada que hacer.

Vio inmediatemente que la treta iba a funcionar y que su corazonada —que la recepcionista había sido víctima del doctor Ranta— era correcta.

—Por supuesto que ha hecho algo malo —replicó la recepcionista—: Enseñar a una alumna las preguntas de un examen si ella le hacía un favor. ¡Es verdad! Soy la única que lo sabe. La alumna era hija de mi prima. Habló su madre, pero ella no quiso dar parte. Pero luego su madre me lo contó a mí.

—Y no tiene usted pruebas —dijo suavemente Mma Ramotswe—. ¿Es ése el problema?

—Exacto —dijo la recepcionista—. No hay pruebas. Él se escabulliría a base de mentiras.

—Y la chica, esa Margaret, ¿qué hizo?

—¿Margaret? ¿Qué Margaret?

—La hija de su prima.

—Se llama Angel, no Margaret. No hizo nada de nada, y él se salió con la suya. Los hombres siempre se salen con la suya, ¿verdad?

Mma Ramotswe tuvo ganas de decir «No siempre», pero iba escasa de tiempo, de modo que dijo adiós por segunda vez y se encaminó hacia el departamento de Economía.

La puerta estaba abierta. Mma Ramotswe miró el pequeño aviso antes de llamar con los nudillos: Oswald Ranta, doctor en Ciencias Económicas (Duke). Si no estoy, pueden dejar un mensaje a la secretaria del departamento. Los alumnos que quieran recuperar un trabajo deben ver a su tutor o ir a la oficina del departamento.

No se oía murmullo de voces en el despacho, pero sí alguien que tecleaba.

El doctor Ranta levantó bruscamente la vista al oír que ella llamaba a la puerta y la abría un poco más.

—¿Qué desea, Mma? —preguntó en inglés.

Mma Ramotswe respondió en setswana.

—Quisiera hablar con usted, Rra. ¿Tiene un momento?

Él se miró el reloj.

—Sí —respondió, con cierta brusquedad—, pero no tengo todo el día. ¿Es usted alumna mía?

Mma Ramotswe hizo un gesto de humildad en el momento de sentarse en la silla que él le indicaba.

—No —dijo—. Tengo el certificado de Cambridge, pero no estudié nada más. Trabajaba en la compañía de autobuses del primo de mi marido, sabe usted. No pude ampliar mis estudios.

—Nunca es demasiado tarde para estudiar, Mma —dijo él—. Aquí tenemos varios alumnos muy mayores, y no lo digo porque sea usted vieja, por supuesto. Lo importante es estudiar, tenga uno la edad que tenga.

—No sé —dijo ella—. Quizá algún día.

—Aquí podría estudiar prácticamente de todo —continuó él—, salvo medicina. Todavía no podemos formar médicos.

—Ni detectives.

—¿Detectives? —dijo él, con cara de sorpresa—. Eso no se estudia en la universidad.

Mma Ramotswe arqueó una ceja.

—Pues yo he leído que en universidades de Estados Unidos se dan cursos para formar investigadores privados. Tengo un libro de…

El doctor Ranta la interrumpió.

—¡Ah, bueno! Sí, en Estados Unidos hay cursos de todo. Hasta de natación, si quiere. Pero eso es sólo en ciertas universidades. En los centros de más renombre, lo que se conoce como la Ivy League, no se andan con tonterías. Allí hay que estudiar asignaturas de verdad.

—¿Como lógica?

—¿Lógica? Sí, bueno. Eso lo estudiaría dentro del programa de licenciatura en filosofía. En Duke enseñaban lógica, por supuesto. Al menos cuando yo estuve allí.

Esto último pretendía impresionarla, y Mma Ramotswe intentó componer un gesto de admiración, viendo que Ranta era un hombre que necesitaba elogios continuos. Y de ahí las chicas.

—El trabajo del detective se basa en la lógica, creo yo —dijo—. Lógica más un poquito de psicología. Sabiendo lógica, uno sabe cómo deberían funcionar las cosas; y sabiendo psicología, uno debería saber cómo funcionan las personas.

El doctor Ranta sonrió, juntando las manos sobre el abdomen como si se dispusiera a dar una clase magistral. Al hacerlo, su mirada recorrió el cuerpo de Mma Ramotswe. Ella le devolvió la mirada, fijándose en las manos juntas, en la elegante corbata.

—Bueno, Mma —dijo él—. Me gustaría seguir conversando con usted de filosofía, pero tengo una reunión

203

y debo pedirle que me diga cuál es el motivo de su visita. ¿O venía a hablarme de filosofía?

Ella rió.

—No le haré perder el tiempo, Rra. Usted es un hombre inteligente, con muchos compromisos. Y yo soy una simple detective que...

Vio que se ponía tenso. Las manos se separaron, yendo a asirse a los brazos de la butaca.

—¿Usted es detective? —preguntó. El tono se había enfriado.

—Somos una agencia muy pequeña —dijo, con un gesto como de disculpa—. La 1ª Agencia de Mujeres Detectives. Está cerca de Kgale Hill. Puede que la haya visto.

—No voy por esa zona. Y no he oído hablar de usted.

—Bueno, tampoco esperaba eso, Rra. A diferencia de usted, yo no soy conocida.

Ranta se ajustó nervioso el nudo de la corbata.

—¿Por qué quería hablar conmigo? —preguntó—. ¿Le ha dicho alguien que viniera a verme?

—No, no es eso —dijo ella.

Notó que su respuesta relajaba al doctor Ranta, volviéndolo otra vez arrogante.

—¿Entonces?

—Venía a pedirle que hablásemos de algo que sucedió hace mucho tiempo. Diez años.

Él se la quedó mirando. Se había puesto en guardia, y ella percibió ese inequívoco olor acre que despide la persona que está experimentando miedo.

—Diez años es mucho tiempo. La gente olvida...

—Tiene usted razón. Pero hay cosas que difícilmente se olvidan. Una madre, por ejemplo, jamás olvida a su hijo.

El semblante de él volvió a cambiar. De repente se levantó de la silla y soltó una carcajada.

—Ah —dijo—. Ya veo. La norteamericana, esa mujer que siempre hace preguntas, le paga a usted para que desentierre el pasado. ¿Es que no se cansa? ¿No aprenderá nunca?

—Aprender ¿qué? —dijo Mma Ramotswe.

Él estaba ahora junto a la ventana, mirando a un grupo de alumnos que pasaban por abajo.

—Aprender que no hay nada que saber —dijo—. Ese chico está muerto. Seguramente se adentró en el Kalahari y acabó extraviándose. Se fue a dar un paseo y ya no volvió. Es muy fácil que ocurra. Allí los árboles parecen todos iguales, sabe usted, y no hay colinas por las que guiarse. Es fácil perderse, sobre todo si eres blanco y estás fuera de tu elemento.

—Ya, pero yo no creo que el chico se extraviara —dijo Mma Ramotswe—. Yo creo que le ocurrió algo más.

—Como qué —le espetó él, dando media vuelta.

Mma Ramotswe se encogió de hombros.

—No estoy muy segura. Pero ¿cómo voy a saberlo? Yo no estaba allí —Hizo una pausa y luego, casi en un susurro, añadió—: Usted sí.

Le oyó respirar mientras volvía a tomar asiento. Abajo, uno de los estudiantes gritó algo sobre una chaqueta, y los otros se rieron.

—Dice que yo estaba allí. ¿A qué se refiere?

Ella aguantó su mirada y dijo:

—A que usted vivía entonces en la comunidad. Era una de las personas que lo veían a diario. Usted vio al chico el día de su muerte. Imagino que alguna idea tendrá.

—Ya se lo dije a la policía en su momento, y se lo he dicho a los americanos que vinieron a hacernos preguntas a todos. Les expliqué lo que almorzamos aquel día, les describí la ropa que llevaba el chico. Lo expliqué todo.

Mientras le oía hablar, Mma Ramotswe llegó a la conclusión de que el hombre mentía. Si hubiera dicho la verdad, ella habría puesto punto final a la entrevista, pero ahora sabía que su primera intuición era acertada. El hombre estaba mintiendo. Era fácil de detectar; en realidad, Mma Ramotswe no comprendía por qué muchas personas eran incapaces de ver si otro les mentía. Para ella estaba clarísimo, y ese doctor Ranta parecía llevar un collar luminoso con la palabra EMBUSTERO.

—No le creo, Rra —dijo ella—. Me está mintiendo.

Él abrió ligeramente la boca, la volvió a cerrar. Luego, juntando las manos una vez más sobre el abdomen, se retrepó en su butaca.

—La charla ha terminado —anunció—. Siento no poder ayudarla. Quizá debería marcharse a su casa y seguir estudiando lógica. La lógica le demostrará que cuando alguien le dice que no puede ayudarla, es que no va usted a obtener ayuda. Es lógico, después de todo.

Pronunció esto último con un tono de sorna, satisfecho de su juego de palabras.

—Muy bien, Rra —dijo ella—. Usted sí podría ayudarme, o, mejor dicho, podría ayudar a esa pobre mujer.

Ella es madre. Usted ha tenido una madre, aunque me da en la nariz que a una persona como usted no se le puede decir que piense en los sentimientos de los demás. Le importa muy poco esa mujer. Y no sólo porque sea blanca y venida de muy lejos; le daría absolutamente lo mismo aunque fuera una mujer de su propio pueblo, ¿no es así?

—Ya se lo he dicho —insistió él, con una sonrisita—. Se acabó la charla.

—Aunque a veces se puede obligar a quien sólo se preocupa de sí mismo a pensar en los demás —dijo ella.

—Mire usted —dijo él—. Dentro de un minuto voy a llamar a Administración para decirles que hay un intruso en mi despacho. Podría decir que la he sorprendido robando algo. Sí, creo que es justo lo que voy a hacer. Últimamente hemos tenido problemas con ladrones, y seguro que me mandan a los de seguridad en un periquete. No creo que le resulte fácil dar explicaciones, señora Lógica.

—Yo que usted no lo haría —dijo Mma Ramotswe—. Sé lo de Angel.

El efecto fue inmediato. Vio cómo se ponía rígido, y de nuevo percibió el olor del miedo, ahora más intenso.

—Sí —dijo ella—. Sé lo de Angel y el examen. En mi oficina tengo una declaración completa. Yo podría arruinar su carrera ahora mismo, Rra. ¿Qué haría usted en Gaborone como profesor universitario en paro? ¿Volver a su pueblo? ¿Ocuparse de las vacas otra vez?

Sus palabras fueron como hachazos. Extorsión, pensó. Chantaje. Así se siente el extorsionador cuando tiene la víctima a su merced. Es una sensación de poder absoluto.

—No puede hacerme eso… Yo lo negaré… No hay nada que mostrar…

—Tengo todas las pruebas que necesitan —dijo Mma Ramotswe—. Angel, y otra chica que está dispuesta a mentir y decir que le proporcionó las preguntas de un examen. Está muy molesta con usted y mentirá. Lo que dice es falso, pero serán dos chicas con la misma historia. Los detectives lo llamamos corroboración. Y los jueces valoran mucho la corroboración. Lo llaman pruebas de hechos similares. Pregunte a sus colegas del departamento de Derecho y se lo aclararán. Vaya a hablar con ellos.

Oswald Ranta movió la lengua entre sus dientes, como para humedecerse los labios. Ella se fijó en eso, y en algunas cosas más: la marca de sudor en los sobacos; un zapato desabrochado; la manchita de café, o de té, en la corbata.

—No me gusta hacer esto, Rra —dijo—, pero es mi trabajo. A veces tengo que ser dura y hacer cosas que no me gusta hacer. Pero en el caso que nos ocupa lo considero necesario, porque hay una mujer que sólo pretende decir adiós a su hijo. Ya sé que no le importa que ella esté triste, pero a mí sí me importa, y creo que los sentimientos de esa norteamericana importan más que los de usted. De modo que le propongo un trato. Usted me cuenta lo que pasó y yo le prometo (y cuando doy mi palabra, la cumplo) que no se hablará más de Angel ni de su amiga.

El hombre respiraba como una persona que tuviera los conductos respiratorios obstruidos, a jadeos breves.

—Yo no le maté —dijo—. Yo no le maté…

—Ahora sí está diciendo la verdad. Me doy cuenta —dijo Mma Ramotswe—. Pero debe decirme qué fue lo que pasó y dónde está el cadáver. Es lo que deseo saber.

—¿Piensa ir a la policía a decirles que oculté información? Si va a hacer eso, yo afrontaré lo que sea con respecto a esa chica.

—No, no pienso ir a la policía. Lo que usted me cuente se lo diré sólo a esa mujer. A nadie más.

Él cerró los ojos.

—Aquí no puedo hablar. Venga usted a mi casa.

—De acuerdo. Iré esta noche.

—No. Mañana.

—Iré esta noche —insistió ella—. Esa pobre madre ha esperado diez años. No quiero que espere más.

—Está bien. Le anotaré la dirección. Puede venir a las nueve.

—Mejor a las ocho —dijo Mma Ramotswe—. Por si no lo sabía, no todas las mujeres hacen lo que usted les dice que hagan.

Salió de la oficina y, mientras iba hacia la mini furgoneta blanca, se oyó respirar y notó los violentos latidos de su corazón. No sabía cómo había tenido el valor de hacer lo que acababa de hacer, pero ahí estaba, como el agua en el fondo de una cantera abandonada: de una insondable profundidad.

Capítulo 18

En Speedy Motors de Tlokweng Road

Mientras Mma Ramotswe se dedicaba a los placeres del chantaje —pues de eso, que no otra cosa, se trataba, aun siendo por una buena causa, y he aquí otro problema ético sobre el que ella y Mma Makutsi podrían debatir a su debido tiempo—, el señor J.L.B. Matekoni, *garagiste* de su excelencia el alto comisionado británico, se llevó a sus dos hijastros al taller. Motholeli, la niña, le había rogado que les dejara acompañarlo pues quería ver cómo trabajaba, a lo que él, perplejo, había accedido. Un taller de reparaciones no era sitio para niños, todo lleno de herramientas pesadas y de tubos, pero podía encargar a uno de los aprendices que los vigilara mientras él estaba ocupado arreglando algún motor. Además, no le pareció mala idea que el niño viese cómo era un taller y pudiera saborear esto de la mecánica a tan temprana edad. Aprender de coches y de motores era preferible hacerlo cuanto antes; de mayor sería demasiado tarde. Por supuesto, uno podía ser mecánico a cualquier edad, pero no todo el mundo tenía sensibilidad para los motores. Eso era algo que se adquiría por ósmosis, lentamente, a lo largo de los años.

Aparcó delante de la puerta de su despacho a fin de que Motholeli pudiera montar en la silla de ruedas a la sombra. El niño salió disparado para ir a investigar un grifo que había en un costado del edificio y hubo que obligarlo a volver.

—Este sitio es peligroso —le advirtió el señor J.L.B. Matekoni—. Tienes que quedarte con uno de esos chicos que ves allí.

Llamó al más joven de los aprendices, el que siempre le daba toquecitos en el hombro con un dedo grasiento y le ensuciaba el mono limpio.

—Deja lo que estabas haciendo —le dijo— y encárgate de vigilar a estos dos mientras yo trabajo. Procura que no se hagan daño con nada.

El aprendiz pareció contento de cambiar de cometido y sonrió a los niños. Es un holgazán, pensó el señor J.L.B. Matekoni. Serviría más para niñera que para mecánico.

El trabajo se había acumulado. Tenían el minibús de un equipo de fútbol al que había que hacer una revisión, y la cosa pintaba complicada. El motor había sido forzado a causa de un exceso de peso en el vehículo, aunque este problema era común a todos los minibuses del país. Siempre iban sobrecargados porque los propietarios no querían perder un solo cliente. Éste, además de necesitar un cambio de llantas, venía escupiendo un humo acre y negro y los jugadores habían llegado a quejarse de que les faltaba el aire.

Una vez separada la transmisión y con ayuda del otro aprendiz, el señor J.L.B. Matekoni sujetó el aparejo de elevar al bloque del motor y empezó a sacarlo del vehículo. Motholeli, que no perdía detalle sentada en su silla, le señaló algo a su hermano. El niño miró un momento hacia donde le indicaba pero desvió nuevamente la vista. Estaba haciendo un dibujo en un pequeño charco de aceite que tenía a sus pies.

El señor J.L.B. Matekoni dejó los pistones y los cilindros al descubierto. Luego hizo una pausa y miró hacia donde estaban los niños.

—¿Y ahora qué va a hacer, Rra? —gritó la niña—. ¿Va a cambiar los segmentos? ¿Para qué sirven? ¿Son importantes?

El señor J.L.B. Matekoni miró al niño.

—¿Ves, Puso? ¿Ves lo que estoy haciendo?

El niño sonrió forzado.

—Está pintando en el aceite —dijo el aprendiz—. Dibuja una casa.

—¿Puedo acercarme, Rra? —preguntó la niña—. No le estorbaré.

El señor J.L.B. Matekoni asintió y, una vez ella se hubo impulsado hasta allí, le mostró dónde estaba el problema.

—Sostén esto —dijo—. Toma.

Ella cogió la llave inglesa y la sostuvo con firmeza.

—Bien —dijo él—. Ahora gira ése de ahí, ¿ves? No mucho. Así, muy bien.

Le cogió la llave inglesa y volvió a dejarla en su sitio. Entonces miró a la niña. Estaba abalanzada en la silla y sus ojos brillaban de interés. Él reconoció la expresión; era la de alguien que ama los motores. No era una mirada que se pudiera falsear. El aprendiz más joven, por ejemplo, no la tenía y era por eso por lo que nunca pasaría de ser un mediocre mecánico. Pero esta niña, esta muchacha seria y extraña que se había cruzado en su vida, era un mecánico en ciernes. Tenía el arte. Nunca había visto una chica que tuviese esa mirada. ¿Y por qué no? Mma Ramotswe le había enseñado que no hay razón para que las mujeres no puedan hacer cualquier cosa que les apetezca. Y sin duda estaba en lo cierto. La gente daba por sentado que los detectives privados eran hombres, y sin embargo ahí estaba Mma Ramotswe haciéndolo la mar de bien. Había sabido utilizar el poder de observación y la intuición femeninos para averiguar cosas que a un hombre quizá se le habrían escapado. Así que, si una niña podía aspirar a convertirse en detective, ¿por qué no a entrar en el muy masculino universo de los coches y los motores?

Motholeli alzó los ojos y le miró, pero sin perder el respeto.

—¿No está enfadado conmigo, Rra? —dijo—. ¿No le parezco un estorbo?

Él le puso una mano suavemente en el brazo.

—Claro que no —dijo—. Estoy orgulloso, orgulloso de que ahora tengo una hija que será un excelente mecánico. Eso te gustaría. ¿Me equivoco?

—Siempre me han gustado mucho los motores —dijo la niña—. Siempre me ha encantado mirarlos. Me gustaba jugar con destornilladores y llaves de tuercas, pero nunca he podido hacer nada.

—Bien —dijo él—, pues eso va a cambiar. Los sábados por la mañana puedes venir conmigo al taller y me echas una mano. ¿Qué te parece? Podemos construir un banco de trabajo especial para ti, que quede a la altura de tu silla.

—Es muy amable, Rra.

Durante el resto de la jornada, la niña permaneció a su lado, observándolo todo, haciendo alguna que otra pregunta, pero cuidando de no entrometerse. El señor J.L.B. Matekoni siguió trabajando en el motor hasta que, por fin, fue colocado de nuevo en su bloque y, al probarlo, ya no despidió aquel humo negro.

—¿Ves? —dijo con orgullo el señor J.L.B. Matekoni, señalando los gases de escape—. El aceite no se quemará como antes si no se sale de donde tiene que estar. Juntas bien selladas. Buenos segmentos de pistón. Cada cosa en el sitio que le corresponde.

Motholeli batió palmas y dijo:

—Ahora esa furgoneta es más feliz.

El señor J.L.B. Matekoni sonrió.

—Ya lo creo. Ahora es más feliz.

En ese momento supo, más allá de toda duda, que la niña tenía el don. Sólo los que de verdad entendían la maquinaria podían hablar de un motor feliz; era un tipo de intuición de la que carecían los no mecánicos. Esta niña la tenía, mientras que el aprendiz joven, no. En vez de hablarles, les daba patadas, y en más de una ocasión lo había visto tratando de forzar una pieza de metal. No se puede forzar el metal, le había dicho el señor J.L.B. Matekoni una y otra vez. Si lo haces, el metal se rebela. Recuerda bien eso, aunque sea lo único que recuerdes de todo cuanto he intentado enseñarte… Pero el aprendiz se empeñaba en desmontar tuercas girando el tornillo del lado que no era, y doblaba bridas cuando le parecían remisas a alinearse debidamente. Ninguna pieza de maquinaria podía ser tratada de esa manera.

La niña era diferente. Comprendía los sentimientos de los motores y algún día, eso estaba claro, sería un gran mecánico.

La miró con orgullo mientras se limpiaba las manos en un trapo. El futuro de Speedy Motors parecía asegurado.

Capítulo 19

Lo que pasó

Mma Ramotswe estaba asustada. Sólo había tenido miedo en una o dos ocasiones actuando como única mujer detective de Botswana (título que todavía le correspondía; no olvidemos que Mma Makutsi era sólo *ayudante* de detective). Le había sucedido en su visita a Charlie Gotso, el rico empresario que aún frecuentaba hechiceros, y en aquella visita se había preguntado si su vocación de detective la pondría alguna vez en una situación de verdadero peligro. Ahora, pensando en ir a casa del doctor Ranta, notó otra vez que su estómago se contraía con la misma sensación de frío. Por supuesto, este miedo carecía de un verdadero fundamento. Era una casa normal en una calle normal, cerca del colegio Maru-a-Pula. Habría vecinos en las casas de al lado, se oirían voces; habría perros ladrando por la noche; las luces de los coches. No podía imaginar que el doctor Ranta significara ningún peligro para ella. De acuerdo, era un seductor consumado, un manipulador, un oportunista, pero no un asesino.

Por otro lado, la persona más corriente del mundo puede ser un homicida. Y, en muchas ocasiones, quien moría asesinado conocía a su agresor, probablemente había tenido ese último contacto con él, o con ella, en una circunstancia normal. Mma Ramotswe se había suscrito recientemente al *Journal of Criminology* (un error caro, porque en la revista apenas si salía nada de interés), pero entre las tablas, las estadísticas y toda aquella prosa ininteligible se había topado con un dato fascinante: una abrumadora mayoría de víctimas de homicidio conoce a la persona que los mata. El homicida no es un extraño, sino un amigo, un pariente, un conocido del trabajo. Las madres mataban a sus hijos; los maridos mataban a sus esposas, y las esposas a los maridos; los empleados mataban a sus patronos. Al parecer, el peligro medraba en todos los intersticios de la vida diaria. ¿Sería verdad? En Johannesburgo no, pensaba ella, pues allí la gente era víctima de los *tsotsis* que merodeaban por la noche, de ladrones de coches que siempre iban armados, de actos de violencia indiscriminada por parte de jóvenes que no daban el menor valor a la vida. Pero ciudades así tal vez eran una excepción, tal vez en circunstancias más normales los homicidios se producían en este tipo de entorno: una tranquila charla en una casa modesta, mientras a un tiro de piedra la gente se ocupaba de sus quehaceres normales.

El señor J.L.B. Matekoni sospechó que algo pasaba. Había ido a cenar para explicarle su visita a la cárcel para ver a su asistenta, y de inmediato notó que Mma Ramotswe parecía ausente. Al principio no dijo nada; quería contarle lo de Florence y pensó que eso serviría que apartarla de los pensamientos que pudieran estar preocupándola.

—Le he buscado un abogado —dijo—. Hay un hombre en la ciudad que entiende de estos casos. He quedado con él para que vaya a verla y la defienda ante el tribunal.

Mma Ramotswe sirvió una generosa ración de alubias en el plato del señor J.L.B. Matekoni.

—¿Esa mujer le ha explicado algo? —preguntó—. Lo tiene bastante mal, la muy tonta.

El señor J.L.B. Matekoni frunció el entrecejo.

—Cuando he llegado se ha puesto histérica y ha empezado a gritar a los guardias. Ha sido muy desagradable para mí. Los guardias me decían: «Haga el favor de dominar a su mujer y que se calle esa bocaza». He tenido que decirles dos veces que ella no era mi mujer.

—Pero ¿por qué gritaba tanto? —preguntó Mma Ramotswe—. Supongo que comprende que no va a salir de allí por mucho que grite.

—Claro —dijo él—. Gritaba porque estaba rabiosa. Decía que no era ella quien tenía que estar entre rejas. Y, por alguna razón, la mencionó a usted.

Mma Ramotswe se sirvió alubias.

—¿A mí? ¿Y yo que tengo que ver en esto?

—Eso mismo le pregunté yo. Pero Florence meneó la cabeza y no quiso decir más.

—¿Y la pistola? ¿Le explicó eso?

—Dice que el arma no era suya, que era de un amigo y que él iba a ir a buscarla. Luego dijo que ella no sabía que estuviera dentro de la bolsa. Pensaba que en el paquete había carne. Eso es lo que dice...

Mma Ramotswe sacudió la cabeza.

—No la van a creer. Si lo hicieran, ¿iban a poder condenar a nadie en posesión ilegal de un arma de fuego?

—Eso me dijo el abogado por teléfono —continuó el señor J.L.B. Matekoni—. Que la mujer lo tenía muy difícil. Los jueces no te creen si dices que tú no sabías que había un arma. Dan por sentado que mientes y te mandan a la cárcel al menos un año. Y si tienes antecedentes, como suele ocurrir, la condena puede ser mucho más larga.

Mma Ramotswe se llevó la taza de té a los labios. Le gustaba tomar té en las comidas y tenía una taza especial para ello. Pensó que intentaría conseguir una igual para el señor J.L.B. Matekoni, aunque no sería fácil, pues esta taza estaba hecha en Inglaterra y era muy especial.

El señor J.L.B. Matekoni la miró de reojo. Estaba claro que algo le rondaba por la cabeza. Dos esposos, pensó, no deberían guardarse nada importante, y quizá fuera un buen momento para ponerlo en práctica. Claro que, reflexionó, él le había ocultado el asunto de los dos hijastros, que no era moco de pavo, pero eso había quedado atrás y ahora podían estrenar una nueva política conyugal.

—Mma Ramotswe —dijo tímidamente—. La noto intranquila. ¿Es por algo que he dicho?

Ella dejó la taza sobre la mesa al tiempo que se miraba el reloj.

—No es por usted —respondió—. He de ir a hablar con alguien. Esta noche. Es sobre el hijo de la señora Curtin, y estoy preocupada por la persona a quien tengo que ver.

Le habló de sus temores, explicando que, aun consciente de que era muy improbable que un economista de la Universidad de Botswana pudiera recurrir a la violencia,

219

ella estaba convencida de que tenía una personalidad malvada, lo cual le producía una gran inquietud.

—Existe una palabra para esa clase de personas —añadió—. Lo he leído en un libro. Se los llama psicópatas. Él es un hombre que carece de toda moralidad.

El señor J.L.B. Matekoni la escuchó atentamente con el ceño fruncido. Cuando ella hubo acabado de hablar, él dijo:

—No vaya a verle. No puedo permitir que mi futura esposa se enfrente a esa clase de peligro.

—Me complace mucho saber que está preocupado por mí —dijo ella—, pero yo tengo una vocación, la de detective privado. Si fuera a asustarme por todo, debería haber elegido otra profesión.

El señor J.L.B. Matekoni no quedó convencido.

—No conoce a ese hombre. No puede ir a su casa, así por las buenas. Si insiste en hacerlo, yo la acompañaré. Esperará fuera. Él no tiene por qué saber que yo también he ido.

Mma Ramotswe lo meditó. No quería que él se inquietara, y si estar fuera esperándola iba a hacerle sentir más tranquilo, entonces no había razón para que no la acompañara.

—Muy bien —dijo—. Usted me esperará fuera. Iremos en mi furgoneta. Puede quedarse dentro mientras yo voy a hablar con ese hombre.

—Y si hay cualquier emergencia —dijo él—, usted dé un grito. Estaré a la escucha.

Terminaron de cenar un poco más relajados. Motholeli estaba leyendo a su hermano en el cuarto de éste, pues los niños habían cenado más temprano. Después, mientras el señor J.L.B. Matekoni llevaba los platos a la cocina, Mma Ramotswe fue a ver a los niños y se la encontró a ella medio dormida, con el libro apoyado en sus rodillas. Puso estaba aún despierto, pero adormilado, con un brazo sobre el pecho y el otro colgando por el borde de la cama. Mma Ramotswe le puso el brazo bien y el niño sonrió.

—Es hora de que tú también te acuestes —le dijo a la niña—. El señor J.L.B. Matekoni me ha explicado que hoy habéis tenido mucho trabajo reparando motores.

Llevó a Motholeli a su cuarto en la silla de ruedas y la ayudó a sentarse en la cama. A la niña le gustaba tener independencia, de modo que la dejó que se desvistiera sola y se pusiera el camisón nuevo que el señor J.L.B. Matekoni le había comprado hacía unos días. El color no era muy adecuado, pensó Mma Ramotswe, pero no podía esperarse que un hombre, un mecánico, entendiera de estas cosas.

—¿Eres feliz aquí, Motholeli? —preguntó.

—Muchísimo —dijo la niña—. Y cada día que pasa soy más feliz.

Mma Ramotswe la arropó y le dio un beso en la mejilla antes de apagar la luz y salir de la habitación. «Cada día que pasa soy más feliz.» Se preguntó si el mundo que heredarían esta niña y su hermano sería mejor que el que ella y el señor J.L.B. Matekoni habían conocido de pequeños. Pensaba que habían crecido felices, porque habían visto cómo África alcanzaba la independencia y daba sus propios pasos en el mundo. Pero la adolescencia del continente había sido muy conflictiva, con todos aquellos envanecidos dictadores y sus corruptas burocracias. Y mientras tanto, los africanos sólo trataban de llevar una vida decente en medio del tumulto y la desilusión general. Las personas que tenían todo el poder de decisión en el mundo, la gente poderosa de sitios como Washington y Londres, ¿sabían que existían niños como Motholeli o Puso? ¿Les importaba algo? Ella estaba convencida de que así sería, si llegaran a conocerlos. A veces pensaba que las personas de otros continentes no tenían sitio para África en sus corazones, porque nadie les había dicho que los africanos eran iguales que ellos. Simplemente no sabían nada de personas como su papá, Obed Ramotswe, tan apuesto y orgulloso con su traje nuevo en la fotografía de su sala de estar. No tuviste nietos, le dijo a la foto, pero ahora sí los tienes. Dos. En esta casa.

La fotografía guardó silencio. Seguro que a él le habría encantado conocer a los niños, pensó Mma Ramotswe. Habría sido un buen abuelo y les habría enseñado a llevar una vida honrosa. Le tocaría hacerlo a ella; a ella y al señor J.L.B. Matekoni. Un día de éstos iría al orfelinato a dar las gracias a Mma Potokwane por los niños. Y para agradecerle también todo lo que hacía por los otros huérfanos, porque, sospechaba Mma Ramotswe, nadie le daba las gracias por ello. Aun siendo un poquito mandona, Mma Potokwane era la supervisora del centro, y toda supervisora debía ser un poco autoritaria, lo mismo que los detectives eran fisgones, y los mecánicos... ¿Qué tenían que ser los mecánicos? ¿Gente grasienta? No, eso no. Vaya, tendría que pensar en ello otro día...

—Aquí estaré —dijo el señor J.L.B. Matekoni bajando la voz, aunque no había necesidad—. Usted no se preocupe, que yo no me muevo de aquí. Si grita, la oiré.

Estudiaron la casa desde fuera a la luz tenue de la farola; era un edificio vulgar con un típico tejado de teja roja y un jardín descuidado.

—Está claro que no tiene jardinero —observó Mma Ramotswe—. Fíjese qué dejado está todo.

Era poco considerado no tener un jardinero si uno, como el doctor Ranta, gozaba de un empleo bien pagado. Era un deber social emplear a personal doméstico; la demanda de trabajo era muy grande. Si bien los salarios eran bajos —desmesuradamente bajos, le parecía a Mma Ramotswe—, al menos el sistema había creado empleo. Si todo aquel que tenía un trabajo estable contratara una asistenta, por ejemplo, estas mujeres y sus hijos tendrían algo que llevarse a la boca. Si todo el mundo hacía sus propias faenas de la casa y cuidaba de su propio jardín, ¿qué iban a hacer las asistentas y los jardineros?

Todo ello venía a demostrar que el doctor Ranta era egoísta, cosa que no le sorprendió nada a Mma Ramotswe.

—Demasiado egoísta —comentó el señor J.L.B. Matekoni.

—Eso mismo estaba pensando yo —dijo Mma Ramotswe.

Abrió la puerta de la furgoneta y salió, no sin esfuerzo. Era un vehículo demasiado pequeño para una señora de complexión tradicional como ella, pero le tenía mucho cariño y temía el día en que el señor J.L.B. Matekoni ya no pudiera repararla. Ninguna furgoneta moderna, con todos aquellos sofisticados accesorios, podría

223

sustituir a su mini furgoneta blanca. Desde que la había comprado hacía once años, siempre le había servido fielmente, en todos los viajes, aguantando el peor calor de octubre o el polvo fino que en ciertas épocas del año llegaba del Kalahari y lo dejaba todo cubierto de una capa pardorrojiza. El polvo era el peor enemigo de los motores, le había explicado —en más de una ocasión— el señor J.L.B. Matekoni: enemigo de los motores, pero amigo del mecánico hambriento.

El doctor Ranta debía de estar esperándola, pues cuando ella llamó a la puerta, ésta se abrió en seguida.

—¿Viene usted sola, Mma? —preguntó el doctor—. Ese amigo que está ahí afuera ¿va a entrar?

—No —dijo Mma Ramotswe—. Se queda esperando.

El doctor Ranta rió.

—¿Un guardaespaldas? ¿Para que se sienta usted segura?

Ella obvió la pregunta.

—Tiene una bonita casa —dijo—. Es usted afortunado.

Él le indicó el camino hacia la sala de estar y luego le señaló una butaca y él mismo tomó asiento.

—No quiero perder el tiempo hablando con usted —dijo—. Sólo voy a hablar porque me amenazó y porque tengo problemas con ciertas mujeres que mienten. Es la única razón por la que le estoy hablando ahora.

Herido en su orgullo, pensó Mma Ramotswe. Se había visto acorralado, y, encima, por una mujer; la peor humillación para un mujeriego como él. No valía la pena andarse con preámbulos, de modo que fue directa al grano.

—¿Cómo murió Michael Curtin?

El doctor Ranta, sentado delante de ella, frunció los labios.

—Yo trabajé allí —dijo, como si hiciera caso omiso de la pregunta—. Era economista rural y la Fundación Ford les había concedido una subvención para que emplearan a alguien que pudiera hacer unos estudios sobre la viabilidad de estos proyectos agrícolas a pequeña escala. Ése era mi cometido. Pero desde el principio vi que aquello no tenía futuro. Eran un grupo de idealistas, nada más. Pensaban que era posible cambiar las cosas. Yo supe que no funcionaría.

—Pero aceptó el dinero —dijo Mma Ramotswe.

Él la miró con desprecio.

—Era un trabajo. Y, al fin y al cabo, yo soy economista. Estudio cosas que pueden funcionar y cosas que no. Quizá usted no lo entiende.

—Sí lo entiendo —dijo ella.

—Bien —continuó el doctor—. Nosotros (la dirección, por así decir) vivíamos en una casa grande. Había un alemán que llevaba la voz cantante, un tal Burkhardt Fischer, de Namibia. Estaba también su mujer, Marcia, y luego una sudafricana, Carla Smit, el americano y yo.

»Aunque los demás congeniábamos, Burkhardt me tenía cierta ojeriza. Intentó librarse de mí poco después de mi llegada a la granja, pero yo tenía un contrato y la Fundación se negó. Burkhardt les contó mentiras sobre mí pero no le creyeron.

»Ese chico, el americano, era muy educado. Hablaba razonablemente bien el setswana y la gente lo quería. La sudafricana se encaprichó de él y empezaron a compartir habitación. Ella se lo hacía todo: cocinaba, lavaba su ropa, le mimaba como a un niño. Después empezó a interesarse por mí. No fui yo quien lo fomentó, pero al final nos liamos, cuando ella estaba todavía con el chico. Carla me dijo que se lo explicaría pero que no quería herir sus sentimientos. Así que nos veíamos a escondidas, a pesar de que allí era bastante difícil.

»Burkhardt se olió lo que pasaba. Un día me llamó a su despacho y me amenazó con decírselo al americano si yo no dejaba a Carla. Le contesté que eso no era asunto suyo y el tipo se enfadó. Dijo que volvería a escribir a la Fundación explicándoles que yo obstaculizaba el trabajo del grupo. Entonces le dije que dejaría de verme con Carla.

»Pero no lo hice, por supuesto. Nos reuníamos al anochecer. Ella decía que le gustaba pasear de noche por la sabana. El chico se quedaba porque no le apetecía eso, y la prevenía de que no se alejara demasiado y que estuviera atenta a las serpientes y otros animales.

»Teníamos un sitio al que íbamos para estar a solas, una choza al otro lado de los campos. Allí guardábamos azadas y palas y cosas así. Pero era un buen sitio para encuentros de enamorados.

»Aquella noche estuvimos juntos en la choza. Había luna llena y casi parecía de día. De repente me di cuenta de que alguien estaba fuera y me levanté. Fui hasta la puerta y la abrí muy lentamente. Entoces vi al chico. Llevaba sólo un pantalón corto y sus *veldschoens*. Aquella noche hacía mucho calor.

»"¿Qué haces aquí?", me preguntó. Yo no dije nada, y él entró en la choza y miró dentro. Al ver allí a Carla, naturalmente, supo lo que pasaba.

»Al principio se quedó mudo. Sólo la miró y luego me miró a mí. Y entonces salió corriendo de la choza, pero no en dirección a la casa sino adentrándose en la sabana.

»Carla me gritó que fuera a buscarlo, y eso hice. El chico corría mucho pero pude alcanzarlo y lo agarré del hombro. Él me apartó de un empujón y siguió adelante. Le seguí a través de los espinos que me arañaban los brazos y las piernas. Hubiera podido clavarme fácilmente una de las espinas en un ojo, pero por suerte no fue así. Era peligroso andar por allí de noche.

»Volví a darle alcance, y esta vez él no pudo forcejear. Lo rodeé con mis brazos, tratando de que se calmara a fin de volver a la casa, pero él se zafó otra vez y tropezó.

»Estábamos al borde de un *donga*, una de esas zanjas profundas que atraviesan esa zona de la sabana. Tendría casi dos metros de hondo, y el chico al tropezar cayó a la zanja. Me acerqué a mirar y lo vi tendido en el suelo. No se movía ni emitía el menor sonido.

»Me descolgué como pude hasta el fondo. Yacía totalmente inmóvil, y al mirar si se había golpeado en la cabeza, ésta basculó como un peso muerto. El chico se había desnucado al caer y ya no respiraba.

»Corrí a la choza y le expliqué a Carla lo que había pasado. Ella volvió conmigo a la zanja y comprobamos que el chico estaba muerto. Carla empezó a gritar.

»Cuando se hubo calmado, nos quedamos allí un rato, pensando qué debíamos hacer. Si volvíamos y dábamos parte de lo ocurrido, nadie creería que se había caído solo en el *donga*. Supuse que todos dirían que el chico y yo habíamos tenido una pelea después de que nos descubriera juntos a Carla y a mí. Es más, yo sabía que si la policía interrogaba a Burkhardt, él hablaría mal de mí e insinuaría que seguramente lo había matado yo. Eso me habría complicado mucho las cosas.

»Finalmente decidimos enterrar el cadáver y decir que no sabíamos nada sobre el paradero del chico. Yo sabía que habría hormigueros por allí; la sabana estaba llena, por lo tanto era un buen sitio para desembarazarse de un cadáver. En seguida encontré uno, y tuve suerte. Un oso hormiguero había hecho un hoyo bastante grande al lado de uno de los montículos y no me fue difícil agrandarlo para meter allí el cuerpo. Luego eché piedras y tierra y barrí alrededor del hormiguero con una rama de acacia. Creo que debí de borrar todo rastro de lo que sucedió, porque el explorador que contrataron no halló nada. Además, al día siguiente llovió y eso contribuyó a disimular cualquier huella.

»La policía estuvo haciendo preguntas durante varios días. Yo dije que no había visto al chico aquella tarde, y Carla dijo lo mismo. Estaba conmocionada y se encerró en sí misma. Ya no quería verme, se pasaba el tiempo llorando.

»Al final Carla se marchó. Hablamos un momento antes de que se fuera y me dijo que lamentaba haberse enredado conmigo. Me dijo también que estaba embarazada pero que el hijo era de él, no mío, porque ya debía de estarlo cuando ella y yo empezamos a vernos.

»Me marché un mes después que Carla. Conseguí una beca para estudiar en Duke; ella abandonó el país. No quería regresar a Sudáfrica, que no le gustaba. Me contaron que se había ido a Zimbabwe, a Bulawayo, y que regentaba un pequeño hotel. El otro día me enteré de que todavía vive allí. Un conocido mío estuvo en Bulawayo y me dijo que la había visto de lejos.

Miró a Mma Ramotswe.

—Le he contado la verdad —dijo—. Yo no lo maté. Le he dicho la verdad.

Mma Ramotswe asintió con la cabeza.

—Sí, lo noto. Sé que no me ha mentido. —Hizo una pausa—. No voy a decir nada a la policía. Se lo he prometido y cumpliré mi palabra. Pero le voy a contar lo que pasó a la madre del chico, siempre y cuando ella me prometa lo mismo a mí, es decir, que no irá a la policía. Sé que accederá. No tendría ningún sentido reabrir el caso.

Vio claramente que el doctor Ranta se relajaba. El gesto hostil había desaparecido, y parecía querer que ella lo tranquilizara del todo.

—¿Y esas chicas? —dijo—. ¿No me buscarán problemas?

—Ninguno —dijo Mma Ramotswe—. Por eso no tiene que preocuparse.

—Pero ¿y la declaración? —preguntó él—, ¿la de esa otra chica? ¿Piensa destruirla?

Mma Ramotswe se puso de pie y fue hacia la puerta.

—¿La declaración?

—Sí. Esa declaración sobre mí de la chica que mentía.

Mma Ramotswe abrió la puerta y miró al exterior. El señor J.L.B. Matekoni estaba dentro del coche y levantó la cabeza al ver que se abría la puerta de la casa.

Mma Ramotswe bajó los tres peldaños.

—Mire, doctor Ranta —dijo—, creo que usted es un hombre que ha mentido mucho, en especial, si no me equivoco, a mujeres. Resulta que ahora ha sucedido algo que probablemente es nuevo para usted. Una mujer le ha mentido y usted se lo ha tragado todo. Lo que voy a decirle no le va a gustar, pero quizá así aprenderá lo que es que a uno lo manipulen. No existe tal chica.

Recorrió el camino particular y cruzó la cancela. Él se la quedó mirando, pero Mma Ramotswe sabía que no se atrevería a hacer nada. Cuando superara la cólera que a buen seguro estaría sintiendo, se daría cuenta de que había salido muy bien librado, y si tenía una mínima traza de conciencia, a lo mejor le estaría incluso agradecido por enterrar unos hechos de hacía diez años. Pero tenía sus dudas acerca de la conciencia del doctor Ranta y pensó que, a fin de cuentas, esto era poco probable.

En cuanto a su propia conciencia, ella le había mentido y había recurrido al chantaje. Lo había hecho a fin de obtener una información que, de otro modo, no habría conseguido. Pero, una vez más, le vino a la cabeza el preocupante tema de los medios y los fines. ¿Era correcto hacer una cosa mala para obtener un buen resultado? Probablemente sí. Había guerras que eran sólo guerras. Cuando África, obligada a liberarse del colonialismo, se vio obligada a usar la fuerza para alcanzar ese fin, nadie dijo que eso estuviera mal. La vida era complicada y a veces no había otra salida. Ella había empleado con el doctor Ranta las mismas cartas de éste, y había ganado la partida, igual que recurrió al engaño para vencer a aquel hechicero cruel en un caso anterior. Era lamentable, sí, pero necesario en un mundo que estaba lejos de ser perfecto.

Capítulo 20

Bulawayo

Partió muy temprano, cuando la ciudad apenas empezaba a desperezarse y el cielo aún estaba oscuro, y tomó la carretera de Francistown. Antes de llegar al desvío de Mochudi, donde la carretera bajaba hasta las fuentes del Limpopo, el sol empezó a elevarse sobre la llanura y durante unos minutos todo quedó pintado de un vibrante amarillo oro: los *kopjes*, las copas de los árboles en panoplia, la hierba seca en la cuneta, el polvo mismo. Como un gran globo rojo, el sol pareció flotar sobre el horizonte y luego se separó de éste y se elevó sobre África; los colores naturales del día volvieron y Mma Ramotswe reconoció en la distancia los tejados de su niñez, los burros junto a la carretera, las casas diseminadas entre los árboles.

Era una región seca, pero ahora, en el inicio de la estación húmeda, estaba empezando a cambiar. Las primeras lluvias habían sido buenas. Grandes nubes moradas habían aparecido por el norte y el este, cargadas de agua que había caído torrencialmente, como una catarata. Y la tierra, cuarteada por meses de sequía, había engullido los charcos creados por la lluvia, y, a las pocas horas, una película de verde se extendía sobre el pardo de la tierra. Brotes de hierba, diminutas flores amarillas, tentáculos de sarmientos silvestres, quebraron la corteza reblandecida y volvieron verde la tierra. Los grandes abrevaderos —depresiones de barro endurecido— se llenaron súbitamente de un agua marronosa, y los cauces de los ríos —lechos arenosos— fluyeron de nuevo. La estación de las lluvias era el milagro anual que permitía la existencia de vida en estas regiones secas; un milagro en el que había que creer, o las lluvias no llegaban nunca y el ganado se moría, como había sucedido en otras ocasiones.

Le gustaba ir en su mini furgoneta blanca a Francistown, aunque hoy tendría que conducir otras tres horas hacia el norte y cruzar la frontera con Zimbabwe. El señor J.L.B. Matekoni no había visto con buenos ojos el viaje y había intentado hacerla cambiar de opinión, pero ella había insistido. Si te encargabas de una investigación, era para llegar hasta el final.

«Es más peligroso que Botswana —había dicho él—. En Zimbabwe siempre pasa algo. Primero fue la guerra, luego los rebeldes, después otra gente que buscaba líos. Carreteras bloqueadas. Detenciones. Ese tipo de cosas. ¿Y si se le avería la furgoneta?»

Ése era un riesgo que tendría que correr, aunque tampoco quería dejarlo a él preocupado. Al margen de que considerara que tenía que hacer este viaje, le parecía importante dejar claro que sería ella quien tomaría las decisiones sobre estos asuntos. No era plan tener un marido que interfiriera en el manejo de la 1ª Agencia de Mujeres Detectives; de ser así, tendrían que cambiar el nombre y poner 1ª Agencia de Mujeres (y Marido) Detectives. El señor J.L.B. Matekoni era un buen mecánico, pero no un detective. Se trataba de un problema de…, ¿de qué? ¿De sutileza?, ¿de intuición?

Y para Bulawayo fue. Ella consideraba que sabía cuidar de sí misma; muchas personas se metían en líos por su propia culpa, por aventurarse en lugares donde no tenían que estar, por provocar verbalmente a quien no debían, por no estar a la altura del protocolo. Mma Ramotswe sabía adaptarse a su entorno. Sabía cómo manejar a un joven muy pagado de sí mismo, cosa que, a su modo de ver, era posiblemente el fenómeno más preocupante que podías encontrar en África. Un joven armado de un rifle era una mina terrestre; si pisabas su sensibilidad —lo cual no era difícil—, las consecuencias podían ser terribles. Pero si sabías manejarlo bien (con el respeto que tanto anhela esta clase de persona) podías desactivarlo. Por contra, si te mostrabas demasiado pasivo, él podía ver en ti una ocasión para autoafirmarse. Todo se reducía a saber juzgar las menudencias psicológicas de la situación.

Condujo toda la mañana. A eso de las nueve atravesaba Mahalapye, donde había nacido su padre, Obed Ramotswe. Luego se había trasladado más al sur, a Mochudi, que era el pueblo de su madre, pero era aquí en Mahalapye donde habían estado los suyos y donde, en cierto modo, también ella tenía a su familia. Estaba segura de que si recorría las calles de esta caprichosa ciudad y hablaba con gente mayor, encontraría a alguien que sabría muy bien quién era ella y podría encajarla en alguna casilla del complicado árbol genealógico. Habría primos segundos, terceros y cuartos, todo tipo de ramificaciones, que la vincularían a personas que no conocía de nada y entre las cuales se sentiría de inmediato como en familia. Y si la mini furgoneta blanca tuviese una avería, ella podría llamar a cualquiera de aquellas puertas y seguro que recibiría ayuda, como es de rigor entre el pueblo batswana con los parientes lejanos.

A Mma Ramotswe le resultaba difícil imaginar cómo sería estar sin gente. Sí, sabía que ciertas personas no tenían tíos ni tías ni primos lejanos; gente que estaba totalmente sola. Por alguna razón que no acababa de entender, muchos blancos estaban en estas condiciones; parecía que no desearan tener gente cerca y fueran felices estando solos. Qué duro debía de ser eso; un poco como los astronautas que flotaban en la negrura del espacio exterior, pero sin ese plateado cordón umbilical que los unía a su pequeño útero metálico de oxígeno y calor. La metáfora le gustó, y por un momento se imaginó la furgoneta blanca en órbita por el espacio, desplazándose despacio contra un fondo de constelaciones mientras ella, Mma Ramotswe, propietaria de la 1ª Agencia de Mujeres Detectives de Botswana, flotaba ingrávida boca abajo, unida a su amado vehículo por medio de una cuerda de tender ropa.

Paró en Francistown y tomó una taza de té en la galería del hotel, con vistas a la vía férrea. Una locomotora diésel tiró de sus vagones, repletos de viajeros procedentes del norte, y se puso en marcha; un tren de mercancías, cargado de cobre de las minas de Zambia, esperaba mientras el maquinista charlaba al pie de un árbol con un funcionario del ferrocarril. Un perro, extenuado por el calor, pasó cojeando con su pierna mala. Un niño de expresión despierta, moqueando por la nariz, miró a Mma Ramotswe medio escondido tras una de las mesas y se escabulló riendo cuando ella le sonrió.

Al llegar a la frontera se encontró una larga cola frente al edificio blanco donde funcionarios de uniforme revisaban formularios, pasaportes y visados, a un tiempo aburridos y preguntones. Terminadas las formalidades, Mma Ramotswe se puso de nuevo en marcha para cubrir la última etapa de su trayecto, dejando atrás unos cerros de granito que se perdían en un suave horizonte azul. El sofocante calor de Francistown había dado paso a un aire más fresco, más alto. Y finalmente llegó a Bulawayo, una ciudad de calles anchas, jacarandás y galerías sombreadas. Tenía alojamiento en casa de una amiga que iba a verla de vez en cuando a Gaborone y que disponía de una confortable habitación para ella, con un agradable suelo pintado de rojo y un techo de paja que dejaba el aire del interior tan quieto y fresco como el ambiente de una cueva.

—Ya sabes que siempre me alegro de verte —dijo la amiga—. Pero ¿cómo es que has venido?

—Busco a alguien —dijo Mma Ramotswe—. Mejor dicho, vengo para ayudar a otra persona a encontrar a alguien.

—Menudo acertijo —rió la amiga.

—Bueno, te lo diré de otra manera: he venido para poner fin a un capítulo.

La localizó, y también el hotel, sin problema. La amiga hizo varias llamadas telefónicas y le dio las señas del establecimiento. Era un edificio antiguo, de estilo colonial, en la carretera que iba a Matopos. No estaba claro quién podía hospedarse allí, pero parecía bien conservado y había un bar bastante bullicioso. Encima de la puerta principal, en pequeñas letras blancas sobre fondo negro, se leía: «Carla Smit, titular, con licencia para la venta de bebidas alcohólicas». La búsqueda tocaba a su fin y, como sucedía tan a menudo cuando uno llegaba al final, el escenario era corriente, nada excepcional; no obstante, mucho más sorprendente era que la persona buscada fuera de carne y hueso, y que estuviera allí.

—Hola, soy Carla.

Mma Ramotswe miró a la mujer sentada detrás de su escritorio, sobre cuya superficie se amontonaban papeles. En la pared de atrás, más arriba de un archivador, había una gráfica anual con días marcados en colores vivos; un regalo de la imprenta, en tipo de letra Bodoni: Impreso por Matabeleland Printing Company Limited: «¡Usted pone la idea, nosotros la tinta!». Se le ocurrió que quizá podría enviar un calendario a sus clientes: «¿Sospecha de alguien? Llame a la 1ª Agencia de Mujeres Detectives. ¡Usted pregunte; nosotros respondemos!». No, quizá mejor esto otro: «Aquí lo averiguamos todo». Sí, ése sería un eslogan con la suficiente dignidad.

—¿Usted es...? —preguntó la mujer, educadamente, pero con un deje de recelo en la voz. Cree que vengo a pedir trabajo, pensó Mma Ramotswe y está preparándose para decir que no.

—Me llamo Precious Ramotswe —dijo—. Soy de Gaborone, y no he venido a pedir trabajo.

La mujer sonrió.

—Son muchos los que vienen buscando empleo —dijo—. Las cifras del paro son tremendas. Gente que ha hecho todo tipo de cursos va desesperada buscando trabajo. De cualquier cosa. Cada semana recibo diez o doce solicitudes; y muchas más cuando termina el curso escolar.

—¿Las condiciones son malas?

—Me temo que sí, y desde hace ya un tiempo. La gente lo está pasando mal.

—Entiendo —dijo Mma Ramotswe—. Allá en Botswana tenemos suerte. No hay esta clase de problema.

Carla asintió con la cabeza y se quedó pensativa.

—Lo sé. Viví allí un par de años. De eso hace bastante tiempo, pero parece ser que no ha cambiado mucho. Por eso tienen suerte.

—¿Prefería usted la antigua África?

Carla la miró inquisitivamente. Era una pregunta de índole política y sería preciso obrar con cautela.

Respondió despacio, midiendo las palabras.

—No. Al menos en el sentido de preferir la época colonial. Por supuesto que no. No a todos los blancos les gustaba eso, sabe usted. Yo nací en Sudáfrica pero me marché de allí para escapar del *apartheid*. Por eso me fui a Botswana.

Mma Ramotswe no había tenido intención de ponerla en un aprieto. Su pregunta no iba con segundas, de modo que intentó tranquilizarla.

—Perdone —dijo—, yo me refería al África de cuando había menos gente sin trabajo. En aquel entonces todo el mundo tenía donde vivir, un pueblo, una familia. Tenían sus tierras. Ahora, en cambio, gran parte de eso ha desaparecido y muchos no tienen más que una casucha en las afueras de una ciudad. Esa África no me gusta.

—Sí —dijo Carla, más relajada—, pero no podemos impedir que el mundo siga dando vueltas, ¿verdad? África tiene estos problemas y hemos de intentar superarlos.

Se produjo un silencio. Esta mujer, pensó Carla, no ha venido a hablar de política, ni de historia de África. ¿Qué querrá?

Mma Ramotswe se miró las manos y el anillo de compromiso, con su puntito de luz.

—Hace diez años —dijo— usted vivió cerca de Molepolole, en esa granja que dirigía Burkhardt Fischer. Usted estaba allí cuando un nortamericano de nombre Michael Curtin desapareció en misteriosas circunstancias.

Se detuvo. Carla estaba mirándola con ojos vidriosos.

—No tengo nada que ver con la policía —dijo rápidamente Mma Ramotswe—. No estoy aquí para interrogarla.

Carla permaneció imperturbable cuando dijo:

—Entonces ¿para qué quiere hablar de ello? Sucedió hace mucho tiempo. El chico desapareció. No hay más que hablar.

—Se equivoca —dijo Mma Ramotswe—. No hace falta que le pregunte lo que pasó porque sé exactamente cuáles fueron los hechos. Usted y Oswald Ranta estaban allí, en aquella choza, cuando se presentó Michael. Él se cayó en un *donga* y se desnucó. Escondieron el cadáver porque Oswald tenía miedo de que la policía lo acusara de haber matado a Michael. Eso es lo que pasó.

Carla guardó silencio, pero Mma Ramotswe vio que estaba conmocionada por sus palabras. El doctor Ranta había dicho la verdad, tal como ella había pensado, y la reacción de Carla Smit no hacía sino confirmarlo.

—Usted no mató a Michael. Su muerte no tuvo que ver con usted, pero sí ocultó el cadáver. Y la madre del chico nunca pudo averiguar qué había sido de él. Eso no estuvo bien, pero se trata de otra cosa. Usted podría hacer algo para subsanar ese error. Y sin correr el menor riesgo.

La voz de Carla sonó distante, apenas audible.

—¿Qué puedo hacer yo? Michael ya no volverá.

—Puede hacer que su madre deje de buscar —dijo Mma Ramotswe—. Ella lo único que quiere es despedirse de su hijo. La gente que pierde a un ser querido suele actuar así. Posiblemente no abrigan el menor deseo de venganza; sólo quieren saber, nada más.

Carla se retrepó en su silla, la mirada baja.

—No sé... Oswald se pondría furioso si yo hablara de...

Mma Ramotswe la cortó.

—Oswald lo sabe, y está de acuerdo.

—Si es así, ¿por qué no se lo dice él a la madre? —replicó Carla, repentinamente airada—. Oswald lo enterró. Yo sólo mentí para protegerlo.

Mma Ramotswe asintió.

—Lo comprendo —dijo—. La culpa fue de Oswald, pero él no es bueno. No puede darle nada a esa mujer, ni a nadie, para el caso. Es de esas personas que no saben decir «lo siento». Pero usted sí. Usted podría ver a esa mujer y decirle lo que ocurrió. Puede pedirle perdón.

Carla meneó la cabeza.

—No veo qué sentido tendría…, después de tantos años.

Mma Ramotswe la interrumpió.

—Además —dijo—. Usted es la madre de su nieto, ¿me equivoco? ¿Le negaría usted ese poco de consuelo? Ella se quedó sin un hijo, pero ahora hay…

—Es un chico —dijo Carla—. También se llama Michael. Está a punto de cumplir los diez.

Mma Ramotswe sonrió.

—Debería llevárselo a su abuela, Mma —dijo—. Usted es madre, sabe lo que eso significa. No hay motivo para que no pueda hacerlo. Oswald ya no representa ninguna amenaza para usted.

Se puso de pie y se acercó a la mesa, donde Carla permanecía sentada, encogida, dudando.

—Sabe que tiene que hacerlo —le dijo.

Tomó suavemente la mano de Carla. Era una mano pecosa, producto de la exposición al sol y a lugares elevados, y a mucho trabajo.

—Lo hará, ¿no es cierto, Mma? La madre está dispuesta a venir a Botswana. Si yo se lo digo, sólo tardará un par de días en llegar. ¿Puede usted dejar el hotel? Serán sólo unos días.

—Tengo una ayudante —dijo Carla—. Ella se puede encargar de todo.

—¿Y el niño? ¿No se alegraría Michael de conocer a su abuela?

Carla alzó los ojos.

—Tiene usted razón, Mma Ramotswe —dijo.

Llegó a Gaborone la noche siguiente. Rose, su asistenta, se había quedado en la casa para cuidar de los niños, que estaban ya dormidos. Mma Ramotswe entró con cuidado en sus habitaciones y los oyó respirar y notó el típico olor dulzón de los niños cuando duermen. Después, rendida de tantos kilómetros, se acostó (conduciendo todavía mentalmente) y se fue quedando dormida aun con los ojos moviéndose bajo los párpados cerrados.

Fue a la oficina a primera hora de la mañana, habiendo dejado a los niños al cuidado de Rose. Mma Makutsi había llegado más pronto aún que ella y estaba ya sentada a su mesa, escribiendo un informe.

—Señor Letsenyane Badule —anunció—. Estoy informando sobre la conclusión del caso.

—¿No quería que me ocupara yo de eso? —preguntó Mma Ramotswe, extrañada.

Mma Makutsi frunció los labios.

—Al principio no fui muy valiente —dijo—. Pero ayer se presentó el señor Badule y tuve que hablar con él. Si le hubiera visto venir, habría colgado en seguida el cartel de cerrado. Pero no me dio tiempo a nada.

—¿Y…?

—Pues nada, le expliqué que su mujer le era infiel.

—¿Cómo reaccionó?

—Le afectó mucho. Parecía muy triste.

Mma Ramotswe sonrió con ironía.

—No me extraña —dijo.

—Ya, pero entonces le dije que no hiciera nada al respecto, porque su esposa no le era infiel porque sí sino por el bien de su hijo. Se había liado con un hombre rico únicamente para asegurarse de que su hijo tuviera una buena educación. Le dije que su esposa era muy desinteresada, y que tal vez fuera mejor dejar las cosas como estaban.

Mma Ramotswe no daba crédito a sus oídos.

—¿Y él se lo creyó?

—Sí —dijo Mma Makutsi—. No es que sea un hombre muy complicado. Al final, parecía bastante satisfecho.

—Estoy pasmada —dijo Mma Ramotswe.

—Bueno, ya ve. Rra Badule sigue siendo feliz. La esposa también es feliz. El chico continúa en esa escuela privada. Y el amante de la esposa y la esposa del amante de la primera esposa también son felices. No está nada mal…

Mma Ramotswe tenía sus dudas. La solución al caso adolecía de falta de ética, pero definir ese defecto podía requerir una discusión mucho más amplia. En cuanto dispusiera de tiempo, tendría que hablar largo y tendido de esto con Mma Makutsi. Era una lástima, pensó, que el *Journal of Criminology* no tuviera una sección para este tipo de casos problemáticos. Podría haberles escrito pidiendo consejo. De todos modos, quizá escribiría una carta al director sugiriendo que incluyeran un consultorio sentimental; así la revista sería mucho más agradable de leer.

Transcurrieron varios días en los que, una vez más, los clientes brillaron por su ausencia, y eso les permitió ponerse al día en asuntos administrativos. Mma Makutsi aprovechó para engrasar la máquina de escribir y fue a comprar un hervidor nuevo para el té. Mma Ramotswe escribió cartas a viejas amistades y preparó las cuentas para el término del ejercicio económico, que era inminente. No había ganado mucho dinero pero no tenía pérdidas, y se lo había pasado bien. Eso contaba infinitamente más que un balance muy saneado. De hecho, pensó, los balances anuales deberían incluir un punto con el epígrafe *Felicidad*, al lado de gastos, recibos y todo eso. En sus cuentas, pensó Mma Ramotswe, la cifra de felicidad sería muy elevada.

Pero nada comparado con la felicidad de Andrea Curtin, que llegó a Gaborone tres días más tarde y conoció, aquella misma tarde, en la oficina de la 1ª Agencia de Mujeres Detectives, a la madre de su nieto y también a éste. Mientras Carla se quedaba a solas con ella para explicarle lo ocurrido aquella fatídica noche, Mma Ramotswe se llevó al niño y le enseñó las laderas graníticas de Kgale Hill y las aguas de la presa como una pincelada azul en lontananza. Michael era un niño muy cortés, más bien serio, y parecía muy interesado por todo lo que fueran piedras; de vez en cuando se detenía para rascar alguna que le hacía gracia o para coger un guijarro.

—Esto es cuarzo —dijo, mostrándole a Mma Ramotswe una pequeña piedra blanca—. A veces en el cuarzo se encuentra oro.

Mma Ramotswe cogió la piedra y la examinó.

—Veo que te interesan mucho las piedras —dijo.

—Quiero ser geólogo —dijo el chico, muy solemne—. Hay un geólogo que a veces viene al hotel y me enseña cosas sobre piedras.

Ella sonrió.

—Creo que sería un trabajo interesante, un poco como ser detective. Dedicarse a buscar cosas.

Le devolvió la piedra y el chico, al cogerla, se fijó en el anillo de compromiso y le sostuvo un momento la mano, mirando el aro de oro y la piedrecita que brillaba.

—Es un zirconio cúbico —dijo—. Hacen que parezcan diamantes. Son casi iguales que los de verdad.

Cuando regresaron, Carla y la mujer norteamericana estaban sentadas una junto a otra y la expresión de la última era de paz, incluso de alegría, lo cual hizo pensar a Mma Ramotswe que lo que ella pretendía se había logrado al fin.

Tomaron el té en silencio. El chico tenía un regalo para su abuela, una pequeña talla de esteatita que él mismo había hecho. La señora Curtin la cogió y le dio un beso, como haría cualquier abuela.

Mma Ramotswe también tenía un regalo para ella, un cesto que había comprado volviendo de Bulawayo, a una mujer que estaba sentada en la cuneta, cerca de Francistown. La mujer estaba desesperada, y Mma Ramotswe, que no necesitaba ningún cesto, se lo había comprado para ayudarla. Era un cesto tradicional de Botswana, con un dibujo en el trenzado.

—Estas pequeñas marcas son lágrimas —dijo la

mujer—. La jirafa da sus lágrimas a las mujeres y ellas las tejen en el cesto.

La norteamericana tomó el regalo a la manera adecuada según las normas de la buena educación en Botswana, esto es, con ambas manos. Qué maleducados eran algunos, que cogían los regalos con una sola mano, como si se los arrebataran a quien se los daba; pero ella supo hacerlo bien.

—Es usted muy amable —dijo—. Pero hay algo que no entiendo: ¿por qué daban sus lágrimas, las jirafas?

Mma Ramotswe se encogió de hombros; nunca se había parado a pensarlo.

—Supongo que significa que todos podemos dar algo —dijo—. Una jirafa no tiene otra cosa que dar…, sólo lágrimas. —¿Significaba eso?, se preguntó. Y por un momento se imaginó que veía a una jirafa atisbar entre las ramas de un árbol, su extraño cuerpo como subido a cuatro pilotes camuflado entre el follaje; imaginó que veía sus húmedas mejillas aterciopeladas y sus ojos acuosos; y pensó en toda la belleza que había en África, en toda la risa y el amor.

El chico miró el cesto.

—¿Es cierto eso, Mma?

Mma Ramotswe sonrió.

—Espero que sí —dijo.

Índice

La 1ª Agencia de mujeres detectives

Alexander McCall Smith

Maridos que se fugan, hijas peligrosamente volubles, coqueteos sospechosos, estafadores con un encanto singular... Tales son los asuntos que tiene que resolver Precious Ramotswe, la mejor y más conocida detective privada de Botswana. Su propósito no es sólo ser una buena profesional y labrarse un nombre, sino, y sobre todo, hacer felices a sus clientes. Y hasta ahora lo ha conseguido. Un día, se topa con el extraño caso de un niño desaparecido. La investigación va a resultar especialmente difícil, pues alguien está tratando de ponerle una trampa.

«Inteligente y fresca... Logra divertir, sorprender, conmover y, en ocasiones, todo a la vez.» *Los Angeles Times*